文春文庫

鎌倉署・小笠原亜澄の事件簿

西御門の館

鳴神響一

文藝春秋

目次

本作品は「文春文庫」のために書き下ろされたものです。
なお本作品はフィクションであり、作中に登場する人名や団体名は、
実在のものと一切関係がありません。

DTP制作　エヴリ・シンク

鎌倉署・小笠原亜澄の事件簿

西御門の館

プロローグ

満月は水面に近づいてきたが、清澄な光はあたりを海の底のように蒼く照らしていた。

大潮で潮位は高いが、静かな波の音が聞こえる。

遠くに江の島のシーキャンドルが明滅している。

かつてはこの男や仲間たちと楽しく眺めた景色だ。

あの頃の自分は無邪気だった。

いま、同じ景色を眺める俺のこころは荒みきっていた。

「少しは冷静になれよ」

若尾《わかお》は静かな声で言った。

その君子《くんし》面《づら》を見ていると吐き気が襲ってくる。

俺はやはり、この男を許せない。

「冷静になれるわけがないだろう。おまえ、じぶんがどんなに大きな罪を犯したのかわかっているのか」

つい声が高くなった。

誰かに見つかってはまずい。

だが、あたりに人の気配があるはずもなかった。

「わたしの罪は、そんなに大きいだろうか」

若尾はのうのうと言った。

「ふざけるな」

俺はきつい口調で怒鳴った。

「そうだとしても、君の要求に応えることはできない。君が要求していることは卑劣だ」

平気な顔で若尾は俺をなじった。

「卑劣……」

言葉をなぞると唇が火傷しそうだった。

「だってそうだろう。わたしの過去をほじくり返して、そんな要求をするなんて」

相変わらず眉ひとつ動かさず、若尾は言葉を発した。

この男はどこまでも俺を馬鹿にしているのだ。

「要求には応えられないと言うのか」

むなしい気持ちで俺は訊いた。

「堕ちたもんだな」

吐き捨てるように若尾は言った。

その言葉は俺の心臓をえぐった。

「なにっ」

俺は出すべき言葉を失った。

「若い頃の君はそんな男じゃなかった。建築家として一流になると信じていたのに」

若尾は哀れみの目で俺を見た。

この男の見せかけの同情はもうたくさんだ。

「貧《ひん》すれば鈍《どん》すか」

続けて若尾はなかば独り言のようにつぶやいた。

「なんだとっ」

つばを飛ばして、俺は怒鳴った。

「しょせん、君はその程度の男さ」

くるりと身体をひねって、若尾は海へと向きなおった。

俺の右手には若尾を脅すために持ってきた木刀があるのだ。

振り下ろせば若尾は終わりだ。

だが、若尾はそんな木刀には少しの恐れも見せなかった。

いや、もしかすると恐れていない態度を装っているだけなのかもしれない。
恐れているところを見せれば、俺にひれ伏すことになるとでも思っているのだろうか。
ひれ伏すのが嫌か。
そんなに俺を甘く見ているのか。
こいつはそうだ。むかしから俺をバカにし続けてきたんだ。
自分にちょっと才能があるからって、人を下に見続けてきたのだ。
腹の底からどす黒いものが頭に向かって上ってきた。
もう我慢ができなかった。
めまいが俺を襲った。
「俺の気持ちを思い知れっ」
若尾の頭に思い切り木刀を振り下ろした。
グシャッという音が響く。
両手に骨を割る嫌な感触が伝わってきた。
なにかがあたりに飛び散った。
「うぎゃっ」
それが若尾の最後の声になった。
バシャーンという水音が響いた。

「しまった！」
心臓が激しく収縮する。
視界が遠くなったり近くなったりする。
こんなつもりじゃなかった。
海のなかに若尾の身体が沈んだ。
早く誰か、助けを呼ばなければならない。
しかしそんなことをすれば、俺は永遠に破滅だ。
檻の中で暮らすなんてまっぴらだ。
左右を見まわすと誰もいない。
もともと若尾と話をつけるために、誰もいない場所を選んだのだ。
そばに残された若尾のバッグの中身も海に投じた。
なぜかはわからない。
荷物を捨ててしまえば、沈んでいったのが誰だかわからないかもしれない。
すべてを忘れよう。
なにもなかったのだ。
ここではなにも起きなかったのだ。
明日の朝、浜辺に若尾が上がったとしても俺の知らないことだ。

目的は達せられなかった。
しかし、世の中から若尾昌史《まさふみ》という不愉快きわまりない建築家は消えた。
永遠に若尾の君子面を見ることはない。
あのもったいぶった声を聞くこともない。
なぜか笑いがこみ上げてきた。
澄んだ月光のもと、俺はいつまでも低い声で笑い続けていた。

第一章　由比ヶ浜の朝

1

目の前には薄藍色の海がひろがっている。

凪が終わったのか、潮の香りを乗せたオンショアの風が元哉《もとや》の全身を吹き抜けている。

「風がさわやかだなぁ」

吉川《きっかわ》元哉は両腕を澄んだ空に挙げて伸びをした。

今日の元哉は、ライトブルーのダンガリーシャツに白いチノパンというスタイルで気分も軽かった。

「朝の浜辺は気持ちがいいですね」

隣に立つ滝川沙也香《たきがわさやか》がちょっとハスキーな声で言った。

元哉は神奈川県警刑事部捜査一課強行六係に所属する巡査長である。

だが、今日は捜査のために由比ヶ浜に来ているのではない。

完全なオフだし、沙也香も警察官ではない。

彼女はふとしたことで知り合った三三歳のフリーライターだ。

白い細面のあごの形がいい。

切れ長の目を伏せたときなどは、ひどく女性らしさを感じさせる。

今日は沙也香はペパーミントっぽい色のカットソーの上に、白いバルキーなカーディガンを羽織っている。

ストレートの長い黒髪が風になびいている。いや濃いめのグレーアッシュのようだ。

すらりとしたスタイルと知的な容貌によく似合っていた。

「ええ、なんだか今日の鎌倉はとても素敵ですよ」

あの小うるさい女がいないと、鎌倉はこんなにいいところなのだ。

言うまでもなく、いつもバディを組まされる鎌倉署刑事課強行犯係の小笠原亜澄《おがさわらあすみ》巡査部長のことだ。

彼女が優秀であることは認める。亜澄の能力で解決に向かった事件は少なくはない。

気はきついが、素直でかわいらしいところもある。

だが、いつも上から目線の亜澄といると、うっとうしいことこの上ない。

ひと言で評すれば、苦手な女だ、としか言いようがない。

酒乱気味のところを除いても……だ。

「吉川さん、何を考えているの？」

元哉の顔を見て、いくらか曇った声で沙也香は訊いた。

「いえ……ちょっと仕事のことを思い出しちゃったんで」

あわてて元哉は顔の前で手を振った。

「つらいこと？　眉間にしわを刻んでましたよ。大変なお仕事ですもんね」

同情するような沙也香の口ぶりだった。

亜澄のことを考えていたとは答えたくはなかった。

勤務時間もあってないようなもので刑事には苦労が多い。

いつも緊張してすごさなければならないうえに上司はうるさい。

だが、世の中から犯罪を減らすために力を尽くしているという気持ちは、たしかに元哉を支えていた。

言ってみれば、やりがい搾取のようなブラックな職場かもしれない。

「いえ、しょせんはサラリーマンですから……」

またも元哉はごまかしの言葉を口にした。

「うそ……吉川さん、きっとそんなこと思ってない」

沙也香は口もとに手を当てて笑った。

「どうしてですか」

元哉は沙也香の目を見て尋ねた。

「吉川さんって仕事が生きがいの刑事さんでしょ」

沙也香は口もとに笑みを浮かべた。

「なぜ、そう思うんですか」

元哉は不思議だった。

沙也香にそんなに仕事の話をしたことはない。

へたをすると漏らしてはまずいことを口にする危険性もあるので、一般市民に仕事の話はほとんどしないようにしている。

「理由はないの。わたしの勘」

うふふと沙也香は笑った。

「はぁ……勘ですか」

沙也香はどこまで本気で話しているかわからなかった。

小姑のように小うるさい亜澄とは正反対に、沙也香は感情を内心に秘めているような大人の女だ。

たしかに亜澄は勘がよい。元哉には想像もつかない脳内回路の働きを感ずることも少なくない。かわいいところもある。だが、上から目線のあの生意気な物言いですべては台無しだ。

魅力を感じつつも、元哉はいくらかの距離を持って沙也香と接している。

かつて女性で痛い思いをした傷は、何年経っても元哉の心から消えてはいなかった。

とは言え、元哉にとって沙也香は気になる女性だった。

沙也香に頼まれたから、六時半などという早朝に鎌倉の浜辺までやって来たのだ。

もっとも早朝にたたき起こされて出動することは珍しくはない。元哉は早出には慣れていた。

「あ、いた、いた。あそこ」

沙也香がはしゃぐような声を出した。

指さす方向を見ると、スレンダーな女性がこちらに向かって手を振っている。

淡いブルーのロンTにワイドストレートのデニムを穿いていた。

肩からはパウダーブルーのショルダーバッグを提げている。

この浜辺で待ち合わせをしていた波多野英美里《はたのえみり》に違いない。

小走りに女性に近づく沙也香の後に続いて、元哉は砂浜を急いだ。

「おはよう。待った？」

英美里の目の前まで来ると、沙也香は元気よく声を掛けた。

面長で目鼻立ちがくっきりしている。

髪は少し明るめのベージュに染めていて、顔の造作が派手な割には、沙也香よりはおとなしそうだ。

ただ、沙也香と英美里は、遠目に見るとよく似たスタイルの持ち主だ。姉妹だと言われれば信じてしまいそうだ。

「おはよう。さっき来たとこだよ」

明るい声で沙也香に返事して、英美里は元哉に向かってほほ笑みながら頭を下げた。

「吉川と申します」

元哉は丁寧に頭を下げてあいさつした。

「ほら、お友だちの……刑事さん」

沙也香は元哉を紹介して、最後はちいさい声でつけ加えるように言った。

「イケメンの刑事さん……」

英美里は元哉の顔を見てつぶやいた。

「こらぁ、英美里。面食いー」

おどけた口調で沙也香は英美里をぶつ真似をした。

「波多野です。はじめまして」

沙也香を見て笑うと、英美里は身体の前で腕をそろえて丁寧にお辞儀した。

「お目に掛かれて嬉しいです」

元哉はふたたびぺこりと頭を下げた。

今日の自分は不自然にいい子を演じている。

「吉川さんは鎌倉に詳しいから、ここまで案内して頂いたの」

にこやかに沙也香は言った。

たしかに鎌倉に取材に行くと聞いたので、案内しようと言ったかもしれない。

ただ、沙也香の住まいは横浜だし、鎌倉には何度も来ているらしい。

元哉が一緒に来る必要はなかったのだ。

「て言うかデート？」

英美里は微妙な顔で元哉たちを見比べた。

「い、いや……そういうわけでは……」

なんとなく元哉はしどろもどろになった。

図星だからだろう。

「決まってんじゃん」

平気で沙也香はおもしろそうに笑った。

「へへ、沙也香も相変わらずだねぇ」

英美里は屈託なく笑った。

なにが相変わらずなのだろう。

「あのね、英美里ちゃんとわたしは高校の同級生なの。それ以来の悪縁というか腐れ縁ね」

沙也香は変な紹介をして、両手で英美里の肩を揉む仕草をした。

「はぁ……」

なんと答えてよいか元哉にはわからなかった。

「腐れ縁のおかげで、今日は沙也香に取材に来てもらったというわけです」

英美里は肩を揉ませたまま、のんびりと答えた。

こんな朝早くに鎌倉の浜辺に来ているのも、沙也香が雑誌の取材で英美里とともに鎌倉の隠れ観光スポットを訪ねる記事を書くためだった。

大手出版社が刊行しているシニア層向けの生活情報誌『のんびりライフ』のコラムで、テーマは『海辺に暮らすアーティストと歩く鎌倉』というようなものだと聞いていた。

だが、電話でも、行きの横須賀線でも今日のことは詳しく聞いてはいない。

英美里は八王子にある多摩美術大学出身のアーティストだそうだ。

そもそも元哉はアーティスティックなことはよく知らない。

「えーと、ちゃんと言っとかなきゃな。今日は英美里には、シーグラス作家という側面から取材に応じてもらいます」

まじめな顔になって、沙也香は言った。

シーグラスだと？　初めて聞く言葉に元哉はとまどいを隠せなかった。

「波多野さんはシーグラス作家なんですね」

とりあえず、元哉は念を押すような口調で訊いた。

「はい、そうです。食べていけませんけど」

英美里ははにかむように笑った。

片えくぼが右頬に出るのが魅力的だ。

いつの間にか沙也香がＩＣレコーダーを持ち出している。

元哉が驚いた顔で見ると、沙也香はにこっと笑った。

「吉川さんの好きなように質問して。あなたは質問のプロでしょ」

平気な顔で沙也香は言った。

「そりゃ、そうですけど……」

元哉は口ごもった。

たしかに、事件関係者に質問するのは仕事ではあるが、インタビューをしているわけではない。相手が被疑者の場合もあるのだ。

今日はただ、沙也香に従《つ》いて来ただけでインタビュアーをするとは聞いていない。

「わたしが訊くよりナチュラルなインタビューになると思う」

沙也香は右目をつぶった。

そう言われると断りにくい。

よし、それならプロの質問者の腕を見せてやろうと、そんな気になった。

だが、元哉はシーグラスについてなにもわからなかった。

「すみません、実はシーグラスってよくわかってなくて……」

元哉は自信なく訊くしかなかった。

「浜辺に打ち寄せられるガラス片です。波に揉まれて角は取れて丸っこくなってちっちゃくなって、表面は曇りガラスみたいに不透明になります」

英美里は元哉の目を見て微笑んだ。

「つまり、もともとはガラス瓶かなんかなんですか」

おぼつかなげに元哉は訊いた。

「そのとおりです。ほとんどは酒類や清涼飲料水の瓶です。ビール瓶やコーラやジュースの瓶などの破片が長い年月を経てシーグラスとなります。古いものでは一九世紀の瓶もあるそうです」

さらっと英美里は説明した。

「とすると、シーグラスの色はもとの瓶の色になりますね。たとえばビール瓶の多くは茶色か緑だから、シーグラスも茶色か緑になるわけですよね」

少し意味がわかってきた元哉の声は明るくなった。

「そうです。緑、茶色、透明が圧倒的に多いですね。レアなのは、オレンジや赤、黒などです」

「なるほど、色によって希少性が変わるというわけですね。まるで宝石みたいだ」

なんとなく口にした元哉の言葉に、英美里は得たりとばかりにうなずいた。

「はい、海の宝石とも呼ばれています。石言葉もあるんですよ」

「石言葉ってのがあるんですか」

ぽかんとして元哉は訊いた。

「花言葉と同じようなものです。たとえばアメジストなら高貴、エメラルドは幸福、珊瑚は長寿、真珠は健康といった感じです。シーグラスは出会い、絆、生命力、奇跡などの石言葉を持っています」

「ほんとに宝石扱いなのですね」

「そんなシーグラスを浜辺で拾い集めて洗浄し、美しいものを選んでアクセサリなどに加工します」

「へぇ、アクセサリにするんですか」

元哉から間抜けな声が出た。自分はアクセサリなどにはほとんど馴染みがない。と言うか縁遠い日々を送っている。

日頃、亜澄がアクセサリをつけていたかどうかも記憶になかった。

「ええ、ピアス、ネックレス、ペンダントなどです。そのほかにもオーナメントや雑貨類なども作ります。実はこのピアスもシーグラスなんですよ」

英美里はちょっと横を向いて、髪をかき上げる仕草をした。

右耳に小指の先くらいの赤い石がシルバーのチェーンで吊り下がっている。

「わたしが住む七里ヶ浜の海辺で拾ったシーグラスを加工したものです」

どこか誇らしげに英美里はピアスを細い指先で指した。

「ルビーみたいだ。本当に宝石のように見えますね」

半透明の赤いガラスは朝の光に華やかな輝きを見せている。

「ありがとうございます。わたしはジャムに使うレッドカラントというベリーを思い浮かべるんですよ。食いしん坊だから」

髪をかき上げていた手を下ろして、英美里は笑った。

「はぁ……なるほど……」

元哉はレッドカラントという果実を知らなかった。

「でも、ルビーやレッドカラントと違って表面が曇っていますよね。長い年月、このシーグラスが海の旅を続けてきた証です。魚やクジラなどの海の生きものとも出会ったのでしょう。たくさんの船を見てきたかもしれません。激しい嵐も体験したでしょう。そんなことを思うと楽しくなってくるんです」

海を見つめる英美里の瞳に元哉は惹きつけられた。

「赤色ということは、稀少なシーグラスなのですよね？」

どきりとした気持ちをごまかすように、早口で元哉は訊いた。

「そうです。先程も説明した通り赤は珍しいですね。いったいどんな瓶だったのでしょう。あるいは花瓶とか厚手の食器だったのかもしれません。たとえば、パリの洒落たカフェでアイスクリームを盛り付けていたガラスボウルだとか……。執筆に悩む作家がかんしゃくを起こしてセーヌ川に放り込んだ。それが河口のセーヌ湾からイギリス海峡へと進み、やがて地球を一回りして極東の浜にたどり着いた。そんな長い旅かも」

うっとりと英美里は言葉を切った。

「まさか」

またも元哉から間抜けな声が出た。

「いくらなんでもパリからは来ないでしょう。冗談です。遠くてもオーストラリアあたりから来ることが多いようです」

英美里はけろりとした顔で答えた。

どこまで本気でものを言っているのか、元哉には摑みにくかった。

事情聴取の相手にしたら、苦労しそうだ。

「この赤は通常は金コロイドが着色に使われてます。金コロイドは金微粒子を含む物質の状態です。ステンドグラスの赤色を出すために古代ローマから使用されていたんです。水に一定の物質を入れて加熱することによって作り出します。古代から使われていたのに、発色原理は一八五〇年代にイギリスの物理学者マイケル・ファラデーが発見するまで誰も知りませんでした。その後、トゥルケヴィッチ法、ブラスト法、ブロックコポリマー法などの生成方法が開発されてます。現在では電子顕微鏡の生物試料用標識や医療の分野で使われています」

英美里は淡々と説明した。

こうした言葉が、英美里の口から出てくるのは意外だった。

コロイドもよく知らない元哉にはなにを言っているのか半分もわからなかった。

「難しいですね」

情けない言葉が出た。

「イラストレーターは発色物質については学ぶ機会が多いんです」

さらりと英美里は言った。

「イラストレーターさんなんですか」

沙也香から聞いていなかった元哉は驚いて訊いた。

「はい、美大のグラフィックデザイン学科の卒業です。でも、グラフィックデザイナーやアートディレクターにはならず、いまではイラストがメインの仕事です」

「どんなお仕事をなさっているんですか」

「フリーなんで、雑誌とかＷｅｂとかさまざまですね。だからシーグラスは夢見るお仕事です。朝早く浜辺に来てシーグラスを拾っていると、いろんな妄想が頭のなかをよぎって楽しいです。それをまたイラストの仕事にフィードバックできたりするんです」

楽しそうに英美里は微笑んだ。

「なるほどそれで朝早くから浜辺を訪れているんですね」

元哉の問いに、英美里は首を横に振った。

「早朝でないと、ビーチコーミングは収穫物が少ないんです。めぼしいものは誰かに拾われちゃいますから」

英美里はちいさな声で笑った。

「ビーチコーミングですか？」

またも知らない単語が出てきた。

元哉は言葉をなぞるしかなかった。

「はい、海岸に打ち上げられている漂着物を収集したり観察したりする行為を言います。古くからいろいろな目的で行われています。漂着物には猛毒の魚もありますし、瓶などのなかには危険な化学物質が入っていることもあります。また、自然の地形や生態系を守るために条例等で、浜辺の漂着物で拾ってはいけないものが定められていることもあります。たとえば、沖縄の海岸ではサンゴの死骸とか骨格は採捕禁止となっているんですよ」

眉間にしわを寄せて英美里は言った。

「でも、シーグラスは禁止になっていないですよね」

そのあたりの法律には疎いが、間違いないだろう。

「その通りです。シーグラスはどこででも拾うことができます」

にこやかに英美里は答えた。

「だいたい、話は聞けたね」

いきなり沙也香が声を発した。

「シーグラスも知らない僕なので、ちゃんとした質問はできなかったと思います」

元哉は肩をすぼめた。

「そうじゃないのよ」

沙也香は顔の前で手を振って、言葉を継いだ。

「吉川さんはシーグラスのことをなにも知らないから、いいインタビューになった。わたしなんて英美里から聞かされてることばっかりだから、かえって困るんですよ。ガラスの着色料だって次々に訊きたくなっちゃう。緑とかさ、ピンクとか、紫とか」

沙也香は英美里の顔を見た。

「酸化コバルトだとインクブルー、酸化銅を加えるとスカイブルー。ピンクなら酸化エルビウムかな。酸化マンガンを使うと、紫色に発色するね」

すました顔で英美里は答えた。

次々に出てくる化学物質の名前に、ますます元哉はちんぷんかんぷんになった。

「ほらね、わたし科学雑誌や工芸雑誌の取材に来たわけじゃないから……あくまでも『海辺に暮らすアーティストと歩く鎌倉』の取材をしにきたの」

「あんな質問でよかったんでしょうか」

元哉は肩をすくめた。

「いいインタビューになりました。吉川さん、ありがとうございました」

晴れやかな顔で沙也香は答えた。

「お役に立ててよかったです……僕の名前は出さないでくださいね」

元哉ははっきり釘を刺した。

雑誌のインタビュアーをしたことが上に知られるとコトだ。

「ええ、わかっています。ギャラも公務員には払えないんで、お礼は今日のご飯にさせてくださいね。英美里も一緒なんで」

早口で沙也香は言葉を継いだ。

「写真撮りたいんだけど、英美里、まずは今朝の獲物を見せてよ」

沙也香がデイパックから一眼デジカメを取り出した。

「今朝はそんなに収穫なかったよ。昨夜《ゆうべ》も波が静かだったからね」

ショルダーバッグをゴソゴソやると、英美里はマチのあるジッパー付きのポリ袋を取り出した。ジップロックというのか。はがき二枚分くらいの大きさだ。

「こんな感じだよ」

ポリ袋を顔の前に掲げて英美里は言った。

沙也香は何枚か写真を撮ると、カメラを顔から離して言った。

「中身を掌に載せてくれる」

「吉川さん、洗顔で水をすくうときみたいに掌をひろげて頂けません？」

英美里はにこやかに頼んだ。

素直に左右の掌をひろげると、シーグラスが降り注がれた。

大小、さまざまな色合いのシーグラスが並んでいる。

間近で見ると、不思議な魅力に引き込まれる。

沙也香はシャッターを切り続けた。

「変なこと頼んでごめんなさい。わたし掌が小さいんです」

英美里はふたたびシーグラスをポリ袋に戻した。

「よーしＯＫ。今度は英美里を撮るよ」

気合いを入れて、沙也香は英美里にレンズを向けた。
それからはしばらくシャッターの音が響き続けた。
手持ち無沙汰になった元哉は、ぶらぶらと歩いてあたりを眺めていた。
由比ヶ浜の長い砂浜の東の方向に人だかりが見える。
材木座海水浴場の付近だ。
「げっ！」
あわてて元哉は口もとを右手で押さえた。
蟻のようにちいさな姿だが、何人もの制服警官が人払いをしている。
黄色い規制線テープが張られているのも見える。
なにかあったに違いない。
規制線テープまで張られているということは……。もしや……。
元哉は激しく頭を振った。
別に強行犯係が扱う事案とは限らない。
イルカでも打ち上げられたのかもしれない……それはないか。
「吉川さん、ありがとう。朝食をおごるね。この近くに素敵なカフェがあるんです」
沙也香は晴れ晴れとした顔をしている。
仕事にひとつの区切りがついたからだろう。

「へぇー、こんな朝早くやってるお店があるんですか」

驚きの声を元哉は上げた。まだ七時前だ。

「サーファーって朝が早いでしょ。だから、そのお店、いつも七時からやってるんです」

「わたし、マスターと知り合いなんでもう準備できてると思います」

沙也香と英美里は次々に言った。

「それは嬉しいです。ちょっと腹が減って……いえ、お腹が空いてきたところなんです」

元哉も思わず口もとがゆるんだ。

「じゃあ、行きましょ。滑川《なめりがわ》の交差点の近くだから、二〇〇メートルちょっとです」

英美里がさらっと言った。

「え……」

滑川方向か。元哉は嫌な予感を覚えた。

あの人だかりに近づいてゆくことになる。

「どうかしました？」

けげんな顔で英美里が訊いた。

「いえ、別に」

あわてて元哉は首を横に振った。

「わたしさぁ、あそこのクラムチャウダー大好きなの」

「この季節だとカレースープかもしれないよ」

「え、それも試してみたいなぁ」

沙也香たちはまるで女子高生のようにはしゃいでいる。

二人が国道一三四号沿いの歩道へと足を進めたので元哉も後にしたがった。

歩道の海側を三人は並んでゆっくりと歩いた。

元哉はなるべく材木座方向の浜辺を見ないようにしていた。

滑川の交差点で沙也香と英美里は立ち止まった。

対角線上には鎌倉署の滑川交番が建っている。

はっきりとはわからないが、交番の警官は出払っているようだ。

「ここで反対側に渡りますね」

沙也香が明るく声を掛けてきた。

「あ、はい……」

嫌な予感にさいなまれて元哉は冴えない声で返事した。

横断歩道をそそくさと渡った。

右手には鶴岡八幡宮から続いている若宮大路が国道一三四号に向かって延びている。

「う……」

若宮大路の反対側の歩道に、元哉は見たくないものを見てしまった。

白シャツ姿の一団が早足で海の方向に向かっている。

長身でガタイのいい男が交じっている。見覚えがある。間違いない。鎌倉署の連中だ。

しかもあの男は刑事課員ではなかったろうか……。

「あとちょっとで目的の《シーブリーズ》ですから。この先を左に入ったところにあります」

沙也香は楽しそうに言った。

早く曲がってくれればいいのに。

元哉の焦る気持ちと裏腹に、沙也香たちはのんびりと歩いている。

若宮大路の反対側をちらちらと眺めながら、元哉は沙也香たちと歩調を合わせて進み続けた。

ところが、一団のなかから飛び出して、滑川交差点の横断歩道を早足で渡る女の姿が見えた。

元哉はさっとうつむいて歩き続けた。

沙也香と英美里を追い越してしまったが、かまわず先へ進んだ。

早足がコツコツと近づいてくる。

オフを台無しにする悪魔が迫ってきた。

「元哉くんっ」

背中から亜澄の尖った声が響いた。

気づかないふりをして足を止めなかったが、肩を叩かれた。

「なにとぼけてんのよ」

振り向くと、亜澄が眉間に深いしわを寄せて仁王立ちしていた。

白シャツにライトグレーのスカートを穿いている。

「やぁ、おはよう」

明るい声を作って元哉は答えた。

「こんなところでなにしてるの」

詰問するような亜澄の口調だった。

いちいち上から目線だ。仕事しているとき以外に自分がどこでなにをしようと自由ではないか。

「ちょっと鎌倉散歩……」

腹立ちを抑えて、元哉は適当なことを言ってごまかした。

「どなた？」

けげんな声で沙也香が訊いた。

引きつったような笑顔で、亜澄は二人の女性に向かってあごを引いた。

「いや……その……」

なんとなく亜澄を沙也香たちに紹介したくなかった。

「鎌倉署刑事課の小笠原亜澄です」

亜澄はよそゆき声で名乗った。

「ご同僚ですか。わたしはライターの滝川沙也香と言います。吉川さんのお友だちです」

亜澄に釣られてか沙也香はフルネームで名乗った。

「シーグラス作家の波多野英美里です。はじめまして」

おだやかな声で英美里はあいさつした。

「吉川がお世話になっております」

亜澄はかたちだけ丁寧に頭を下げた。

そんな身内面をしなくてもいいだろうに。

「お世話になっているのはわたしたちなんです」

にこやかに沙也香は答えた。

「そうですか……」

いくらかつっけんどんに答えた後で、亜澄は元哉へと向き直った。

「吉川くん、事件だよ。来て」

「ご苦労さん。俺はオフだよ」

涼しい顔を作って元哉は答えた。

「そんなこと言ってる場合じゃないよ。材木座でご遺体が発見されたのよ」

語気も荒く亜澄はつばを飛ばした。

「そりゃ鎌倉署は大変だ」

よそ事のように元哉は答えた。

さっと亜澄の顔が少し赤くなった。

「とにかく現場《げんじょう》に行くよ」

少し震える声で亜澄は言った。

怒り始めたらしいが、知ったことではない。

亜澄は鎌倉署、こちらは捜査一課だ。命令系統にないことは言うまでもない。

まだ組まされているわけでもないのだから、いくら亜澄の階級が巡査部長であっても命令口調で言われる覚えはない。

「だけどさ、強行犯の事件と決まったわけじゃないだろ。それに鎌倉署はともあれ、捜一が出る事案かどうかもわからないじゃないか」

平気な顔で元哉は道理を突きつけた。

「悠長なこと言わないでよ。それを調べるのが初動捜査じゃないの」

亜澄は噛みつきそうな顔で言った。

「初動捜査は捜一の仕事じゃないぞ」

もう一度理詰めで元哉は反駁《はんばく》した。

ぷーっと亜澄はふくれたと思うや、いきなり元哉の右手首を摑んだ。

「おい、なにすんだよ」

あらがって元哉は叫んだ。

「とにかく来なさいよ」

亜澄はきつい声で答えた。

「離せよ。俺にだって予定があるんだよ」

いくらか高い声で元哉は苦情を言った。

「乱暴なさらないでください」

沙也香が止めに入った。

「あなたに関係のないことです」

ぴしゃっと亜澄ははねつけた。

「関係はあります。わたしは取材でこの後も一緒に行動する計画になっています」

予想していなかった沙也香の強い口調が響いた。

「吉川は警察官です。事件を優先します」

亜澄は歯を剝き出した。

ケンカになったら困るな……元哉を不安が襲った。

スマホが鳴動したので、ポケットから端末を取り出した。

「ありゃ」

液晶画面に正木《まさき》時夫《ときお》警部補の名が表示されている。

直属の上司である強行六係の第三班長だ。

なんとタイミングがよく、運の悪いことか……。

どうしても取りたくなかったが、無視できるはずもない。

「はい、吉川です」

気持ちとは裏腹に元哉は元気な声で電話を取った。

「おまえ、いまどこにいる？」

正木班長の低い声が響いた。

「……鎌倉です。滑川交差点の近くです」

唇を引き剥がすようにして元哉は答えた。

そばで亜澄が睨んでいなくとも、ウソを言うわけにはいかなかった。

「やはりそうか」

嬉しそうに正木班長は言った。

「なんで知ってるんですか」

元哉は不思議だった。いくら警察でも、日帰りの予定まで伝えてあるわけではない。

「小泉《こいずみ》から聞いた。おまえが鎌倉にいるはずだとな」

正木班長はかすかに笑った。

「あの、おしゃべりめ」

元哉の口から本音が漏れた。

金曜日の帰りがけに、同じ班の小泉明代《あきよ》という女性巡査に鎌倉に行くことを話してしまった。

仕事からの解放感と、今日の楽しい休日に浮かれていたのだろう。

同僚のよしみで黙っていてくれればいいのに……元哉は軽率な自分に後悔したが、もう遅い。

「鎌倉の由比ヶ浜東側、材木座海水浴場付近で遺体が揚がった。後頭部に打撲痕があって他殺の疑いが濃い。ちょっと見てきてくれないか？」

いちばん嫌なことを正木班長はさらりと口にした。

「現場をですか？」

あたりまえのことを元哉は訊いた。

「ほかにどこに行けと言うんだ。せっかく鎌倉にいるんじゃないか。うちの班もこれから急行する。先に現場に行って鑑識や機捜に事情を聞いといてくれ」

言葉はていねいだが、翻訳すれば「現場に急行しろ」となる。

「りょ、了解です」

そう答えるしかなかった。

「休みのところ悪いな」

少しも悪いとは思っていないような声とともに電話は切れた。

「滝川さん、波多野さん、ごめん。上司から現場に行くように命令されました」

元哉は沙也香たちに深々と頭を下げた。

「大変ね。プライベートもなにもあったもんじゃないんですね」

沙也香は眉根を寄せて同情してくれた。

最初だし、ただの友だちだからこんな顔をしているのだ。

これが彼女で度重なると、口もきいてくれなくなることを元哉は何度も経験している。

「はぁ、こんなもんです」

元哉は素直にしょげた声を出した。

せっかく美女二人との楽しい一日が過ごせるはずだったのに……。素敵なカフェで深煎りのコーヒーを飲んだり、海の見えるオープンテラスのレストランで、海鮮パスタにワイン……すべては夢と消えた。

「わたしたち、今日一日鎌倉にいます。もしお仕事が終わって時間ができたら、お電話ください。どこかで合流しましょ」

沙也香はにこやかに誘った。

ほとんど絶望的だが、そんな機会が訪れることを元哉は切に願った。

「お仕事頑張ってくださいね」

英美里がやさしい声で励ましてくれた。

なぜか亜澄はニカッと笑った。

元哉はムッとする気持ちを懸命に抑えた。亜澄だって仕事のことを考えているのだ。

「さ、行くよ。失礼しまーす」

亜澄は沙也香たちに頭を下げると、きびすを返してさっさと海の方向に歩き始めた。

後ろから蹴りを入れてやりたかったが、沙也香たちが見ている。

「ではでは、また」

元哉は簡単な挨拶をしてその場を離れた。

「次回はちゃんとディナーしましょうね」

遠くから響く沙也香の声に振り返ると、二人は笑顔で手を振っている。

もう一度沙也香と英美里に頭を下げて、さっさと歩み去る亜澄の後を元哉は追った。

2

現場は由比ヶ浜の東側に位置し、沙也香たちと別れた滑川交差点から五〇〇メートルほど離れている。

ひとつの長い浜辺だが、正式には滑川河口から西側を由比ヶ浜海岸と呼び、川からこちらの東側は材木座海岸と呼んでいる。

国道一三四号沿いの歩道を東に向かって歩いてゆくと、現場はすぐにわかった。回転灯をつけた鑑識のワンボックス車が歩道に乗り上げて駐車していて、たくさんの野次馬と報道機関が人垣を作っている。

「警察です。通してくださーい」

亜澄が声を張り上げると、人垣は左右に割れた。

階段の上のところに規制線テープが張られていて、夏服に防刃ベストをつけた若い巡査が立哨していた。

「お疲れー」

亜澄は気軽にあいさつした。顔見知りらしい。

「お疲れさまです。あれ、こちらは？」

巡査は元哉の顔を見て訊いた。

「捜一の吉川くん。たまたま滑川交差点んとこで油売ってたから、首に縄つけて引っ張ってきたの」

亜澄は得意げに言った。

「小笠原に連行されてきたんだよ」

元哉はわざとらしく顔をしかめた。

「な、なるほど……」

巡査は気の毒そうな顔で元哉を見てあごを引いた。

元哉は黙って亜澄の背中を指さして、声なく笑った。

浜へ降りる急な階段を亜澄と元哉は歩いて砂浜に下りた。

砂地だけに靴がもぐって歩きにくい。

いつもの革靴ではなく、スニーカーを履いてきたことはラッキーだった。

それでも履き口から砂が入ってくる。

亜澄はと見ると、しっかりハイカットのスニーカーを履いている。

一〇メートルほど先の波打ち際に白シャツ姿の一団と現場鑑識活動服を着て作業中の鑑識係が見えた。

浜には警察関係者しかいないようだった。

現場は材木座海岸のちょうど真ん中あたりで、左手にはオレンジ色の瓦を載せた白いビル群のリビエラ逗子マリーナがよく見える。

その手前には無数の巨石が積み上げられてちいさな島を作っている和賀江島《わかえじま》が姿を現

している。

和賀江島は鎌倉時代に船舶運輸の拠点として設けられた人工島である。つまり、鎌倉へ荷物を運ぶ船を係留する場所だったのである。現存する築港遺跡として日本最古のものとされている。

満潮時は水没するが、干潮時は伊豆から運んだという巨石の一部も姿を現す。

鑑識作業は終わったようだ。

私服姿の捜査員たちが遺体を囲んで観察したり、鑑識係員と話している。

一人の初老の鑑識係員が歩み寄ってきた。

「おう、小笠原、もうみんな来てるぞ」

明るい顔で鑑識係員は声を掛けてきた。

警察官としては小柄なほうで、五〇代なかばの痩せた男だ。

明るい青のキャップの下には、ちょっと神経質で頑固そうな丸顔がのぞいていた。

「いささか手間取りまして……」

亜澄は言葉を飲み込んでから、元哉の顔を見て言葉を継いだ。

「紹介しますね。よく組んでいる捜査一課の吉川くん。こちらは我が鎌倉署の鑑識の神、渡辺《わたなべ》係長です」

非常にすぐれた鑑識マンだといつぞや亜澄に聞いた覚えがある。

「捜査一課強行犯六係の吉川元哉と申します。よろしくご教導ください」

元哉は敬意を込めてていねいに挨拶した。

「ああ、いつも小笠原に引きずり回されている青年だな」

渡辺はニッと笑った。

鎌倉署ではそういう印象なのだろうか。事実だが、不名誉なことだ。

「はぁ……まぁ」

答えが出てこなかった。

「ご苦労さん、捜一にしちゃ早いな。小笠原に見つかっていやいや引っ張ってこられたか」

渡辺係長はふたたび笑った。

厳しい印象が、笑うと人がよさそうな感じに変わる。

しかし、渡辺係長は勘がいい。まさに図星だ。

「いやだ。わたしおとなしいじゃないですかぁ」

亜澄は猫をかぶっている。

「いや、うちの班長に臨場するように指示されました。ホトケ見ていいですか？」

あわてて元哉は話題を変えた。

「かまわんよ。もう作業終わってるからな」

ゆったりと渡辺係長は答えた。

たしかに鑑識係員は、荷物の片付けを始めている。

先に立って渡辺係長は遺体へと歩み寄っていった。

足もとに気をつけて元哉は続いた。

「吉川くん、よく見てくれ」

渡辺係長の言葉にその場の鎌倉署員たちは場所を空けた。

遺体は波打ち際ギリギリの砂浜に仰向けになっていた。

四〇代くらいの男性で、紺色のナイロンパーカーを着てデニムを穿いている地味な恰好だった。

ほとんど無表情だが、口をわずかに開いていた。

すっかり血の気を失った細長い顔は、まぁ鼻筋が通っている印象で、学者か教師かといった知的な容貌だった。

……そんな雰囲気のする知的な容貌だった。

特徴的なのは、全身がずぶ濡れで浜のほうへ顔を向けて横たわっていることだった。

「コロシで間違いないんですかね」

パンツのポケットから手帳とミニボールペンを取り出して、念を押すように元哉は訊いた。

もし事故であってくれたら、捜一の出番はない。やっかいな殺人事件の捜査本部は立たない。寝ずに仕事をする必要もない。

強行犯の刑事なら誰しも願うことだ。

「残念ながら、十中八九はコロシとみていいだろう。後頭部に棒状のもので殴られた打撲痕がある。解剖を待つべきだが、木刀くらいの棒で背後から殴られた場合にできる裂傷とよく似ている」

眉間にしわを刻んで渡辺係長は言った。

「打撲痕のあることは聞いていますが。他人に殴られた可能性が高いのですね」

重ねて元哉は問うた。

「ああ、あれはたとえば、滑って転んで頭を打ったという傷ではない。誰かに殴られたものだ」

元哉の顔を見て、渡辺係長ははっきりと言った。

「ここで殴られたのでしょうか」

隣で遺体を覗き込んでいた亜澄が訊いた。

「はっきりしないな。骨片や肉片は採取できていないが、波が洗い流してしまった可能性はある。砂浜なんでゲソ痕は取れなくてあたりまえだ。マルガイが国道一三四号からここまで歩いてきたという痕跡は発見できていない。あんたたちが地取り捜査をすれば、その辺もはっきりするだろう」

渡辺係長はかすかに笑った。

ゲソ痕は足痕を指し、マルガイは被害者を指す刑事の隠語だ。

地取り捜査は現場付近などで、目撃者や怪しい物音を聞いた者がいないか聞き回る捜査だ。防犯カメラの映像を集める捜査も含まれる。

「やはり徹底的な地取り捜査は必要となりますよね」

亜澄の言葉に渡辺係長は静かにうなずいた。

元哉はがっかりした。いっそ別の場所で殺されていればその必要もなくなるのだが……。

「ただ、これはただの勘だが、打撲は致命傷ではなく、殴られて海に落ちて溺死したような気がする。あの傷は致命傷のようには思えないんだ。司法解剖すればはっきりする話だがね」

考え深げに渡辺係長は言った。

「つまり水位のある場所で殴られた……ここで殺されたのではないということでしょうか」

期待をこめて元哉は訊いた。

「そうとは限らない。ここで殴られて意識を失い、海に顔を突っ伏して溺死したのかもしれない。ただ、そうすると、仰向けになっているのはなぜかという問題が出てくる。しかし、波のいたずらで遺体の向きが変わったのかもしれない。いまは干潮だ。和賀江島があんなに見えてるからな。あの島は満潮時は陸からはほとんど見えない」

和賀江島を指さしながら渡辺係長は言葉を継いだ。

「潮位のあるときに波のためにここで溺死して遺体もひっくり返ったのか。あるいはどこかからこの浜まで運ばれてきた可能性もある。それで潮が引いてこの浜に残されたという筋もないわけではない」

渡辺係長はあごに手をやった。

「ここでない場合、どこから運ばれてきたのでしょうか」

殺害地点を特定できなければ、捜査の困難さは増すことになる。

「さぁ、さすがにそんなことはわからんね。それこそ、逗子マリーナからでも、坂ノ下の海浜公園あたりからでも運ばれてくる可能性はある。ただ、そんなに遠距離とは思えない。遠距離の場合、衣類は波に持っていかれることが多い。また、遺体もあまり傷んでいない。さらに、遺体の状況から見ると、殺害後そんなに時間が経っているとは思えない。伊豆大島からここまで流れて来たわけじゃないよ」

渡辺係長は最後はおどけてひょいと眉を上げた。

坂ノ下の海浜公園とは、正確には鎌倉海浜公園坂ノ下地区を指している。いつぞやクラシックの音楽家殺人事件が解決したおりに亜澄が泥酔していた場所だ。つまり、渡辺係長は二キロ以上ある由比ヶ浜の東と西の端を指しているのだ。

「死亡推定時刻は何時頃ですか」

元哉は渡辺係長の目を見て訊いた。

「それこそ、司法解剖待ちだよ。胃の内容物を調べれば判明する可能性もあるし、ほかにもいくつもの検査がある。俺の適当な感覚なんて訊いてもしょうがないだろ」

まじめな顔で渡辺係長は答えた。

「でも、渡辺係長はホトケに『いつ殺されました？』って訊いてるんじゃないかって思うくらいドンピシャだって小笠原が言ってましたよ」

おだてるつもりではなく、まじめに元哉は渡辺係長を賞賛する言葉を口にした。

隣で亜澄もしきりとうなずいている。

「そうかい？　ありがとよ。まぁ、死斑の状態なんかから見ると昨日の午後一〇時から一二時頃ってとこだな。だけど検視官も来るだろうから、そっちの判断を信じてくれよ。俺はしがない所轄の鑑識なんだからさ」

へへへと渡辺係長は笑った。

「午後一〇時から一二時ですね」

くどいと思ったが、元哉は念を押した。

「あくまでただの勘だって言ってるじゃないか……それよりマルガイの身元わかってるよ」

明るい声とともに渡辺係長は元哉の目を見た。

「本当ですか？」

元哉は張り切って訊いた。

「ああ、財布のなかに運転免許証が入ってた。ホトケってのは死に方によっては面変わりするが、今回は免許証の写真の面影がしっかり残っていた。あのホトケは市内七里ガ浜在住の人だ。こういう名前だ」

渡辺係長は落ちていた細い棒を拾って砂地に「若尾昌史」と書いた。

運転免許証には氏名のフリガナは記載されていない。

「ワカオマサフミでしょうか。マサブミかな……マサシなんて読み方もありますね」

砂地に書かれた氏名のメモをとりながら、元哉は首をひねった。

「さあな。それ以上の詳しいことは、まだわかっていない。さっきうちの強行犯係が持ってったからチップを調べてると思うけどな。それよりも機捜に免許証番号を伝えたから、そっちから先にわかるか」

ＩＣチップ内にはヨミガナ情報も記録されている。

「よく海に流されませんでしたね」

元哉は感心の声を出した。

「あのパーカーのポケットにはジッパーが付いててな。閉めてあったんで流されなかった。まぁ運がよかったな。スマホも反対のポケットから回収できた。これも鎌倉署に持って行っている」

「財布ごと回収できたんですよね」

「薄っぺらい革財布だったよ。中身はクレジットカードとＳｕｉｃａ、現金が五万円と少しだ。金持ちだな。俺なんかまず万札が財布に入ってたことないよ」

おどけて眉をハの字にして渡辺係長は言った。

「じゃあ物盗りじゃないんですね」

「断言はできんが、たぶんな……」

「怨恨か……」

元哉はつぶやいた。

「ま、それを調べるのがあんたらの仕事だ。さて、俺はもう引き揚げるよ」

渡辺係長はすっと立ち上がって、部下の鑑識係員たちが待つあたりへと去っていった。

「死亡推定時刻さ、ぜったいその時間だよ。解剖結果と一時間は違わないって」

亜澄は自信ありげに言った。

「さすがにベテランだな。参考になる話がたくさん聞けた。さてと……」

元哉はあたりを見まわした。

二〇メートルほど離れたところに所在なげに立っているふたりの男がいる。

耳に受令機のイヤフォンをつけて、左腕に腕章を巻いていた。

いち早く現場に駆けつけた機動捜査隊員に違いない。

「俺は機捜に話を聞いてくる」

元哉は転ばないように気をつけて隊員たちへと歩み寄った。

「了解なり」

亜澄はその場で鎌倉署の連中と話し込んでメモをとり始めている。

「おはようございます。捜査一課強行六係の吉川です」

元哉は元気よくあいさつした。

「ご苦労さま。機捜平塚分駐所の中川《なかがわ》です。捜一さんなのにずいぶん早いね」

四〇年輩の四角い顔の刑事が答えを返してきた。

隣の元哉より若そうな刑事はにこやかに頭を下げた。

元哉はふたたび手帳をひろげ、ペンを手にした。

「たまたま滑川交差点あたりに来ていたんです……通報は何時頃ですか」

明るい声で元哉は訊いた。

「六時七分に一一〇番通報があった。俺たちの現場到着は一九分だ。現着したときはいまよりは少し潮位が高くて、遺体は数センチは海水に浸かっていた」

中川は平らかに言った。

今朝、元哉が江ノ電の由比ヶ浜駅に着いたのが五時五三分だから、サイレンは遠くて聞こえなかったのかもしれない。

「通報者はどんな人たちですか」

元哉は問いを重ねた。

「市外から遊びに来ていた六人組だ。SUP《サップ》をやりに来て波打ち際まで出たところで遺体に気づいた。しばらく混乱していたようだが、通報してここで待ってくれてた。全員の住所氏名などは控えてあるが、事件と関係があるとは思えないね。若い女の子なんかはかなり脅えていたがね。ゲンが悪いって言って、藤沢のほうに移動したみたいだ」

喉の奥で中川は笑った。

「夜明けは四時半頃でしたよね。それまで誰もホトケを見つけなかったんでしょうか」

首を傾げて元哉は訊いた。

「明るくなってから一時間半くらいは誰も見つけなかったということになる。だけど今日は波がなくてサーファーもほとんど出てないし、このあたりの砂浜は投げ釣りには不向きだ。波打ち際まで行く人がいなかったとしても不思議じゃないな」

中川の言葉に元哉はすかさずうなずいた。

「国道一三四号の歩道からは一〇〇メートルくらいありますからね」

「ああ、なにか漂着物があることに気づいた人がいても、まさかホトケとは気づかないだろう。そもそも平和な場所だからな。このあたりは」

したり顔で中川は言った。

遠くからサイレンの音が響いてきた。

捜一が到着したのかもしれない。

「発見者以外に、連絡してきた人はいませんか」

「いや、俺たちはそういう人間には会っていない」

中川ははっきりと首を横に振った。

発見しても関わり合いを恐れて、警察に通報してこない人間もいる。

「マルガイの身元がわかってるみたいですね」

元哉は質問を変えた。

「本部に免許証番号を送ったから、もうヨミガナもわかっているはずだ」

のんきな口調で中川は答えた。

「繰り返しになりますが、現着したときにとくに気づいたことはありますか」

しつこいと思ったが、似たようなことを元哉は尋ねた。

些細なことを言い忘れている場合もあるからだ。

「さっきも言ったように、いまより潮位が高くて遺体は海水に浸かっていた。あとは六人の通報者が脅えて立っていた。ほかには野次馬が数人遠巻きに眺めていたくらいか。

とくに変わったことはなかったよ」

あっさりと中川は答えた。

「ありがとうございます」

元哉は手帳を閉じてポケットにしまった。

「じゃあ、俺たち引き揚げていいな」

元哉の目を覗き込むようにして、中川は訊いてきた。

「はい、もうすぐうちの係の連中が到着するはずですから、伺ったことはすべてきちんと伝達します」

きちんと元哉はあいさつした。

「そうか、ご苦労さん」

中川たちは踵を返すと、階段を上って国道一三四号の歩道へと消えていった。

3

それからすぐに白シャツ姿の一団が階段を下りてきた。

「お疲れ、吉川」

せっかくの休日を奪った元凶が声を掛けてきた。

ホームベース形の顔の浅黒い男は、捜一の六係第三班長の正木警部補だった。

「おはようございます」

心のなかの恨みを顔に出さないようにして、元哉はさわやかな声を出そうと努めた。

「鑑識や機捜の話は聞けたか」

正木班長は浜辺を見まわした。

すでに鑑識の活動服姿は浜から消えていた。

「はい、まず鑑識さん、鎌倉署刑事課の渡辺鑑識係長から伺った話ですが……」

元哉は手帳を開き、渡辺鑑識係長や機捜の中川から聞いた話を細大漏らさず正木班長に伝えた。

正木班長は黙ってずっと聞いていた。

「よくわかった……ちなみにマルガイの名はワカオマサフミと読むそうだ。いまどんな人物か、連絡先はどこなのかを本部で調べている。あと三〇分くらいで、検視官が到着する。鑑識さんの話によれば他殺で間違いないようだ。となると、十中八九、鎌倉署に捜査本部《チョウバ》が立つな。捜査会議はたぶん午後八時からだな。俺はちょっとホトケを見てくるわ」

正木班長はそう言って元哉の目の前から歩き去った。

いつの間にか亜澄が隣に立っていた。

「うちの吉田《よしだ》係長さ、修善寺《しゅぜんじ》の温泉旅館とかに泊まっているんだよ。まったくいい身分だよね。で、いま必死に戻ってきてるんだってさ。つまり、いまは直属の上司不在の状態なの。あたしもどこかに遊びに行ってりゃよかった」

亜澄は鼻から息を吐いた。

「鎌倉署にチョウバ立つみたいだぜ」

元哉は亜澄の苦情は相手にせず、いま正木班長が言っていたことを伝えた。

「そりゃそうだよ。渡辺係長がコロシだって言うんだからチョウバ立つに決まってんじゃん」

強い口調で亜澄は言った。

「ま、そうかな。でも、検視官が実質的には最終決定するわけだからな」

殺人か否かの判断は検視官が行う。

検視官は警察大学校で法医学を修了した、豊富な刑事経験をもつ警部か警視の就く職である。

その判断に基づいて、刑事部長の判断で捜査本部が設置される。

しばらくすると、正木班長が帰ってきて元哉の前に立った。

「吉川はここはもう飽きただろう」

ニヤニヤしながら正木班長は訊いてきた。

この顔つきは油断できない。

「い、いえ……」

元哉はちょっと身を引いた。

どうせロクでもないことを言いつけるのだろう。

「飽きたよな」

正木班長は元哉の肩を抱きながら訊いた。

「そもそも鎌倉に来てましたので……ここにいたいです」

あまり理屈にならないことを元哉は答えた。

「それならなおのこと、この浜辺にずっと立っているのはつまらんだろう」

さらに理屈にならないことを正木班長は言った。

「い、いや……それは……」

元哉は身を引いて答えた。

「ということで、まず捜査本部《チョウバ》が立つと思うので、先にさくっと地取り捜査をやっとくか」

正木班長はさらりと残酷な言葉を口にした。

「今日はもともと公休日で……あの……だから……もう……その……」

舌をもつれさせて言語不明瞭に元哉は答えた。

職務から解放されてもよいはずなのだ。

だが、それはほかの者も同じことだ。当直に当たっていた者以外は誰もが休みだ。反論にはなっていない。

「捜査会議が開かれるまでの時間、捜一と所轄でこの付近の地取り捜査を行うことになってな。おまえも知ってのとおり、地取り捜査は鮮度がかなめだ」

背を反らして正木班長は言い放った。

「たしかにそうですが……」

正木班長の言うことは正論だ。

時間が経つにつれて人間の記憶は薄れてゆき、目撃した内容などについてもあいまいな証言しかできなくなる。

「鎌倉署の強行犯係長もいないんで、俺が勝手に担当区域と組み合わせを決める。吉川は……」

いきなり亜澄が進み出た。

「わたしが一緒にまわります。この地域にも詳しいです」

張り切った声で亜澄は自分を売り込んだ。

「見たことのある顔だな……誰だっけ？」

正木班長は、亜澄の顔をじっと見た。

「鎌倉署刑事課強行犯係の小笠原です」

いっそう声を高めて亜澄は名乗った。

「ああ、よく吉川と組んでるヤツだな」

思い出したらしく正木班長は明るい声でうなずいた。

「そうです。鎌倉署に捜査本部が設置されるといつも組んでいます」

元気いっぱいに亜澄は言った。

「んじゃ、おまえらはマルガイや不審な人物の目撃者がいないかどうか、材木座五丁目の一四番地と一五番地をまわってくれ。防犯カメラについてはほかの者にまかせる」

はっきりと正木班長は命じた。

仕事は嫌いではない。しかし今日は別だ。

美女たちとの海を眺めながらのワインタイムの夢が消えてゆく……。

「一四番地と一五番地ですか……五〇軒くらいですが、集合住宅が結構ありますよ」

スマホを覗き込みながら、元哉は冴えない声を出した。

「当然だろ。各部屋をまわって聞き込みしてくれ」

にべもない調子で、正木班長は言った。

決定事項なのは間違いがない。

亜澄はちらちらと元哉のスマホのマップを覗き込んでいる。

「五丁目の一四番地と一五番地ですね。了解です」

元気よく答えたのは、亜澄一人だった。

「任せたぞ、とにかく鮮度が肝心だ」

正木班長は言葉に力を込めた。

「おまかせください」

亜澄はきちんと身体を折って、無帽の場合の敬礼をした。

元哉は力なくうなずいただけだった。

「さぁ、行くよ」

亜澄はさっさと歩き始めた。

仕方なく、元哉はとぼとぼ従いていった。

それから元哉と亜澄は、指定された番地の家々を一軒ずつ訪ねた。

指定されたのは、南に国道一三四号、東に小町大路、北側と西側は、クルマがすれ違えないくらいの細い道で区切られた一画だった。

遺体発見現場に近く、重要な聞き込み場所ということはたしかだ。

比較的大きな住宅が多かったが、集合住宅もいくつもあって聞き込みには時間をとられた。

日曜日のためか、時間が早いにもかかわらず留守宅も少なくなかった。

元哉と亜澄は一日がかりで指定地区をまわった。

場所柄か、元哉たちに好意的な住民が多く、あまり嫌な思いをすることもなかった。ときによっては、警察だと名乗った途端に怒鳴り声とともに追い出されることもあるのだ。

しかし、事件の発生自体を知らない人が圧倒的に多かった。

地域社会のつながりはここでも強いものではなかった。

昼食は亜澄の教えてくれた担当地区の近くのカフェで、ブリトーをアイスコーヒーで流し込んだ。

きっと美味しいブリトーなのだろうが、時間をかけずに詰め込む昼ご飯は味もわからないというのが正直なところだった。

不思議なことに亜澄は、沙也香たちについてなにも訊かなかった。

いつもと同じように、うるさく突っ込みを入れてくると思っていたのに、黙って仕事している亜澄はかえって気持ちが悪かった。

聞き込み中の亜澄は、いつもとは違って妙に口数が少なかった。

結局、まる一日かけても有益な情報はなにひとつ得られなかった。

肉体の疲れよりも、無力感というか、聞き込みが徒労に終わったことがつらかった。

無駄足に終わる聞き込みは刑事の常《つね》である。

沙也香から『帰ります。今度は事件のないときに会いましょうね』とメールが来たときには、肩から力が抜けた。

仕方のないことだ。今日は運が悪かったとしか言いようがない。

ただ、これだけ訊いてまわっても一件のヒットもないことに元哉は引っ掛かっていた。

検視官により、若尾昌史は他殺と判断され、鎌倉署に捜査本部が設置された。


午後八時。鎌倉署の講堂には捜査本部に参加した捜査員が六〇名ほど参集していた。

刑事部長は出席できず、幹部席には副本部長である制服姿の鎌倉署長と、スーツ姿の捜査主任の福島《ふくしま》捜査一課長とが座った。

元哉は捜一の同僚たちと前方のテーブルに腰掛けていた。

亜澄は最後方に鎌倉署の捜査員たちと座っている。

これは本部がえらくて、所轄が下だという意味ではない。所轄としては本部の捜査員をお客さまとしてお迎えするという意味合いを持っている。

「大変残念な事件が起きた。治安がよく暴力事案の少ない本署管轄区域で殺人という最も忌むべき事件が発生してしまった。捜査員全員の力を尽くして一日も早く被疑者を確保し、市民の安全と安心を取り戻してほしい」

五〇代なかばの鎌倉署長は言葉に力を込めて挨拶した。

左手窓側の管理官席で二階堂行夫《にかいどうゆきお》管理官が立ち上がった。

「では、わたしからいままでにわかっていることを説明する。今朝六時七分に『人らしいものが浜辺に横になっている』との一一〇番通報があって鎌倉署地域課員と機動捜査隊員が現場に急行した。最終的に鎌倉署刑事課、捜査一課の捜査員と検視官が臨場したところ、他殺遺体と判断された。殺害されたのは市内七里ガ浜在住の若尾昌史さんと判明している。遺体は現在司法解剖中で詳細は次回の会議で伝えるが、検視官の判断では後頭部を殴られて意識不明の状態で海中に転落し溺死した見込みが強いとのことだ。また、死亡推定時刻は昨夜の午後一〇時から一二時頃で、午後九時までは自宅にいたことが夫人からの電話で確認されている。従って九時から一二時の間の若尾さんの行動を明らかにする必要がある。遺体は財布を所持しており、運転免許証とともに五万円を超える現金やクレジットカードが入っていた。従って、物盗りなど行きずりの犯行とは考えにくい。また、犯人が残したと思われる遺留品は発見されていない。予断になるおそれもあるが、怨恨の線を第一に考えるべきだと思う」

二階堂管理官は色白の秀才っぽい顔で講堂内を見まわして言葉を継いだ。

「若尾さんは著名な建築家で四五歳、横浜市内に事務所を構えていた。《アトリエＫＡＺＥ》という名で、スタッフが三人の株式会社だ。若尾さん個人の年収は億に達するということだ。家族は妻の結花《ゆいか》さんのみで、子どもはいない。結花さんは一昨日から旅行中で本日午後に帰宅した。携帯電話番号がわからなかったので、自宅に電話して連絡がついた。結花さんによって遺体の本人確認は終わっている。まだ、じゅうぶんな聞き込みが進んでいるわけではないが、結花さんの話では被害者は人に恨みを買ったようなことはないという話だ。わたしからは以上だ」

二階堂管理官が座ると、第三班の正木班長が立ち上がった。

「捜査一課の正木です。朝からうちと鎌倉署刑事課の捜査員で最初の地取り捜査を行いました。遺体発見現場周辺を中心に聞き込みを行いましたが、いまのところ、事件の目撃者は一人も見つかっていません。また、怪しい人物を目撃したという情報も得られませんでした。防犯カメラの映像は収集中です」

正木班長が座ると、二階堂管理官がふたたび起立した。

「いままでの地取り捜査は成果が上がっていないということだが、引き続き進めてほしい。さらに個人的な動機の線が強く感じられることから、被害者の鑑取り捜査には力を入れるべきと考える。いかがでしょうか」

二階堂管理官は幹部席に向かって訊いた。

「そうだね、鑑取りに捜査員の四分の三くらいを投入したらいいんじゃないのかね」

福島一課長はおっとりと指示した。

班分けが行われ、元哉はまたも亜澄と組まされた。

明日は朝から被害者宅を訪ねることとなった。

第二章　風の家

1

「へぇ、海が一面に見えるんだな」

坂を上りきったあたりで右手に見える風景に、元哉は心を奪われた。

視界は青い水平線で満たされ、右手には富士と箱根の山々が黒々としたシルエットとなっている。

隣で亜澄も立ち止まって景色に見入っている。

今日は二人とも、グレーのサマースーツに身を包んでいる。

「あれは伊豆の大島だよな？」

くっきりと浮かぶ正面の島影を元哉は指さした。

こんなに近く大島が望めることが、いまさらながらに不思議に思えた。

「そうだよ。あれは大島。真下に見える海は峰ヶ原っていうサーフポイントなんだよ。ここのあたりは本当にいい眺めだよね。あたしはこっちの七里ヶ浜のほうが好き」

亜澄はいつもの通りだ。いや、いつもよりもおとなしい感じでさえある。

昨日の沙也香たちのことは、なんとも思っていないようで元哉は安堵した。

もっとも、昨日、彼女たちと鎌倉に遊びに来ていたことは、亜澄にとやかく言われるようなことではないのだが。

「七里ヶ浜と言っても、《珊瑚礁》のあるあっちの住宅地じゃないんだな。鎌倉高校前駅で降りて、校舎の近くの坂を上がってきたのに、ここも七里ヶ浜か」

元哉はまだ、鎌倉の細かい地理は今ひとつわかってはいない。

「あっちは一九六〇年代に西武グループが分譲した大規模分譲住宅地なんだ。ちょうど江ノ電の七里ヶ浜駅を境に、東側が西武の住宅地で七里ガ浜東って住所。西側は七里ガ浜って住所で別の丘なんだよ」

したり顔で亜澄は言った。

本当に亜澄が鎌倉に詳しいのには驚くばかりだ。

同じ平塚出身でありながら、元哉とは大きな違いだ。

何度か聞いたが、亜澄は鎌倉署に異動になる前から鎌倉ファンで、何度も足を運んでいるそうだ。

「じゃあ。七里ヶ浜駅は谷底ってことか」

「そう。七里ガ浜高校は七里ヶ浜ホテルの跡地に建っているんだ」

「プリンスホテルじゃないのか？」

鎌倉プリンスホテルは、七里ガ浜高校と道を挟んで反対の東側に建っている。

「ぜんぜん別のホテルで、プリンスホテルができる前に閉業したんだ……海水プールもあったって地元の老人から聞いたことがある。つまりさ、七里ガ浜高校って完全にリゾート地に建ってるわけだよ」

「なるほどな。ところでさ、被害者宅は七里ヶ浜駅より鎌倉高校前駅のほうが近いんだな」

今日も七里ヶ浜駅を通り越して鎌倉高校前駅で下車した。

「そうだよ。鎌高前のほうがずっと近いよ。『スラムダンク』の聖地で有名な踏切の横を通ってきたよね」

「ああ、朝早いのに、けっこう人がいたな。外国人が多いみたいだったけど」

マスメディアでもたびたび取り上げられるが、今朝も道路に人があふれていた。

「あの踏切のところを境に東側が七里ガ浜で、西は腰越っていう住所になるんだ。鎌倉高校は実は七里ガ浜に建っているんだよ……で、七里ガ浜東は西武の分譲住宅地だけに一軒一軒の区画がだいたい決まっているんだけど、こっちの七里ガ浜はそうじゃないんで、デカい家が多いんだよ」

亜澄はあたりを見まわしながら言った。

「なるほど……」

あらためて比較的新しく海を向いた大きな家が多いことに気づいた。

それぞれ趣向をこらした豪邸ばかりだ。

「ここだね……」

スマホのマップを見て亜澄が立ち止まった。

「立派な家だな」

「うん、たしかに」

元哉と亜澄は顔を見合わせた。

三階建ての若尾邸は想像以上に大きかった。

壁一面に薄いグレーを中心とした鉄平石を小端《こば》積みしてあるが、構造材はＲＣのようで装飾らしい。

二階の中央あたりは大きいＲ（カーブ）を持ったパノラミックなガラス窓となっている。

暖炉用と思しき煙突も、一階全体が三枚のシャッターで構成されたガレージも豪邸の名にふさわしい。

大きなカナリー椰子が目立つ南国風の庭にはプールでも設けられていそうだ。季節だから、色とりどりのバラの花が咲き乱れている。

二階の玄関へと続く階段を上がってゆくと、リゾートホテルに投宿するような錯覚を感じる。

ぶ厚いオーク材かなにかの扉の横にある銀色のボタンを、亜澄はゆっくりと押した。

「はい……どなたですか」

インターホンから高い澄んだ声が元気なく響いた。

「神奈川県警の者ですが」

亜澄ははきはきとした声を出した。

「いま参ります」

答えが返ってきて一分くらいすると扉が内部から開いた。

「突然お邪魔してすみません。鎌倉署の小笠原と申します」

はっきりした声で亜澄が名乗って警察手帳を提示した。

「刑事部の吉川です」

元哉も続けて手帳を取り出して頭を下げた。

「汚くしていますが、どうぞ」

結花夫人はちいさな声で、室内へと誘った。

　結花は四〇代半ばくらいだろうか。卵形の小顔にちまっとした顔立ちで品がよくおっとりとした雰囲気を持っている女性だった。

切れ長の瞳はかなり赤く、悄然としていた。

黒っぽいカットソーの上に、ライトブルーの薄手のカーディガンを羽織っている。

案内されたのは二階の広いリビングだった。

道路で見ていたパノラミックなガラス窓からダイナミックな海の風景がひろがっている。

ほとんど真正面に伊豆大島が存在感を示していた。

内部は無塗装の板材を縦に並べた壁で右手の壁には大理石で造られたマントルピースが目立つ。

マントルピース右手の板壁には額に入った賞状が掛けられている。

その下のサイドボードには木製やガラス、大理石などの表彰盾がずらりと並んでいた。

床には青系で細かい織り模様のじゅうたんが敷かれている。

奥の壁にはピクチャーレールが設けられて、何枚かのイラストが飾られていた。

海の風景を題材にした明るい色合いの作品ばかりで、一枚一枚がミニスポットライトで照らされていた。

大きなガラス窓の横に設けられた縦長のルーバーから、さわやかな潮風が忍び込んでくる。

「そちらにお掛けください」

グレーの革張りソファを、結花は力なく片手で指し示した。

「失礼します」

「お邪魔します」

元哉と亜澄がソファに座ると、正面に結花が静かに座った。

「お茶もお出しできず申し訳ありません」

結花はか細い声で言った。

「おかまいなく……このたびはまことにお気の毒でございました」

亜澄はきちんと弔意を伝えた。

「ご愁傷さまでした」

元哉も亜澄に続いた。

「恐れ入ります」

結花はかすかに震える声とともに頭を下げた。

「夫の遺体はいつ頃戻ってくるのでしょう」

真剣な目つきで結花は訊いた。

「申し訳ありません。一両日中にはお戻りになると思います」

丁重な調子で亜澄は答えた。

明日には司法解剖は終わるだろうから、亜澄の言っていることは間違ってはいないだろう。

「いったいどうしてこんなことに……」

結花は顔を両手で覆って悲痛な声を漏らした。

「わたしどもは被疑者を確保するために全力を尽くします」

亜澄は言葉に力を込めた。

「でも、夫は帰ってきません」

湿った声で結花は怨じた。

しばし沈黙が漂った。

「若尾先生は高名な建築家でいらしたと伺っておりますが」

結花の心を解きほぐすように、亜澄が会話を再開した。

「高名と言われると困ってしまうのですが、夫は建築家としてはまぁ成功していたと思います。大型施設の設計は数少ないのですが、住宅プロデュース会社からの受注は多く、仕事は順調でした。設計した家はクライアントさまからの評判もよく、注文は年々増えておりました」

言葉には力がないが、結花が夫を誇りに思っていることがよく伝わってきた。

「差し支えなければ、若尾先生のご経歴を簡単に教えて頂きたいのですが」

静かに亜澄は訊いた。

「夫は武蔵野美術大学の建築学科を卒業してから、跡部《あとべ》信太郎《しんたろう》先生の建築事務所《跡部設計事務所》に採用され、二〇〇八年に独立するまでずっと跡部先生の教えを受けておりました」

結花は淡々と告げた。

「跡部信太郎先生は日本を代表するような建築家ですね」

亜澄はさも感心したように言った。

その名を聞いたことは元哉もあったが、詳しいことは知らない。

結花は即座にうなずいた。

「そうです。東京藝大の建築学科を卒業された建築家で、日本建築史上に燦然《さんぜん》と名の残る先生です。各自治体の大型施設やホテルなどの設計をなさって、一九九八年にプリツカー賞を受賞なさっています」

誇らしげに結花は言った。

「プリツカー賞と言えば、『建築界のノーベル賞』とも呼ばれていますよね」

さらっと亜澄は相づちを打った。

元哉は驚いた。亜澄が建築のことに詳しいとは知らなかった。

「はい、アメリカのハイアット財団がすぐれた建築家に授与する賞です。一九七九年に始まり丹下健三《たんげけんぞう》先生、槇文彦《まきふみひこ》先生、安藤忠雄《あんどうただお》先生、伊東豊雄《いとうとよお》先生、磯崎新《いそざきあらた》先生など、日本人建築家も何人か受賞されています」

結花の口にした建築家は、たびたびマスメディアに名前が登場する。

さすがに元哉も知っていた。

「すごく偉い先生に師事されていたのですね」

亜澄の言葉に、結花はうなずいた。

「お人柄もすぐれた、すごくおだやかな方でした。ただ、残念ながら跡部先生は五年前に脳溢血でお亡くなりになりました。跡部先生の薫陶を受けたおかげで夫も二〇〇八年には横浜市の《シーエアホテル・ヨコハマ》の設計を評価されて日本建築家連盟賞を頂いています。それを機に独立でき、現在まで脇目も振らずに働いて参りました」

結花は誇らしげに言った。

「あのお洒落なホテルを設計なさったのですか」

亜澄は感嘆したように言った。

みなとみらい地区に建つ低層高級ホテルは斬新なデザインで、元哉も一、二回は天ぷら店やレストランなどを利用した覚えがある。

「はい、自分でも会心の仕事ができたと喜んでおりました。今年はベスト・アーキテクト賞の候補にも挙がっていたのですが……」

結花の両目から涙があふれ出た。

「ベスト・アーキテクト賞って有名ですよね」

亜澄はさっと話題を変えた。

今年のベスト・アーキテクト賞が、ある建築家に与えられるという報道を、元哉もニュースで見た記憶があった。

「最近はアーキテクトをITエンジニアの意味で使うこともありますが、もともとは英語で建築家という意味です。たとえば法務省も、夫のような一級建築士の英訳として“first class architect”とか“class-1 architect”という言葉を使っています。この賞は年に一人、クライアントに寄り添ったすぐれた中堅建築家に与えられるのです。全国アーキテクト協会が主催者です」

平静な表情に戻って、結花は胸を張った。

「評価が高い建築家さんならでは……いつもお忙しくしていらしたんですよね」

うまい具合に亜澄は、結花の気持ちを摑んでいる。

「はい。仕事は忙しく、みなとみらいの事務所に泊まり込むことも少なくなかったです。

ですが、週末は完全オフをとることが多かったです。そうしないと身体を壊してしまうからと言っていました。オンとオフをきちんと切り替えないといい仕事はできないと申しておりました。だから、わたしもオフをなるべく一緒にすごしておりました」

淋しげに結花は目を伏せた。

「こちらのお宅もオフを大切になさることを考えて設計なさったんですよね」

亜澄はさらりと話題を変えた。

「もちろんです。ここからの海は素晴らしいですし、夕映えに光る空はたとえようもなく美しいです。潮風の香りは日々の暮らしを新鮮なものにしてくれます」

気を取り直したように結花は言った。

「いい風が入ってきますね」

にこやかに亜澄は相づちを打った。

「夫は仕事の上でも『風』をテーマにしていました。『人生は風の中を歩き続けるようなものだ。さわやかな風を歓迎し、荒れている風から人を守るような家を設計したい』と言っておりました」

結花は胸を張った。

「だから若尾先生の事務所は《アトリエＫＡＺＥ》なんですね」

うなずきながら亜澄は言った。

「あら、刑事さん、よくご存じですね」

結花は目をぱちくりさせた。

「素敵なネーミングなので、会議で名前が出たときにすぐ覚えちゃいました」

亜澄は笑顔いっぱいに答えた。

「ありがとうございます。夫は風にこだわっていましたので」

結花は嬉しそうな顔つきになった。

「建築事務所のことをアトリエと呼ぶんですね」

亜澄は問いを重ねた。

たしかにアトリエというと画家や彫刻家の仕事場を思い浮かべる。

「ええ、かの磯崎新先生がご自分の事務所を、《磯崎新アトリエ》と呼んだのが始まりという話です。でも、絵描きだけではなく、フランス語のアトリエにはもともと建築家の仕事場の意味もあるんですよ」

「なるほど、不勉強でした。ところで、若尾先生はオフはどんなことをなさっていたのですか」

なんの気ない調子で、亜澄は質問を続けた。

「二人で行動することが多かったです。映画やお芝居を見にいったり、箱根や伊豆の温泉旅館に泊まりに行ったり、この近くの美味しいお料理屋さんで昼からお酒を飲んだりと気ままに時間を使っていました」

　思い出すように結花は言った。

「今週末も若尾先生はオフだったのですよね」

　亜澄は念を押すように訊いた。

「はい、この土日も若尾はオフでした。でも、わたしが出かけていたので、なにをして過ごしていたのかはよくわかりません」

　結花は亜澄の目を見て答えた。

「お出かけだったんですね」

　身を乗り出して亜澄は訊いた。

「先月、わたしの妹が三女を出産したので、そのお祝いも兼ねて実家に帰っておりました」

「ご実家はどちらですか」

「北海道の北見市《きたみ》です」

　北見市というと網走《あばしり》市の近くの内陸に中心部が位置する都市だ。

　結花は北国人らしい色の白さを持っている。

「そうなんですか、雪深いところですよね」

「降雪量はそれほど多くはありません。冬場も晴れる日が多いんです。実は日本一降雨量が少ない観測地点は、サロマ湖畔に近い北見市の常呂《ところ》なんですよ」

「そうなんですかぁ」

亜澄は派手な驚きの声を上げた。

「はい、太陽に恵まれてるから、北見人は明るいんです」

結花は嬉しそうに言った。

きっとこんな状況でなければ、もっとずっと明るい女性なんだろうな、と元哉は感じた。

「でも、遠いところですね」

アリバイを確認するために、亜澄はやわらかく訊いた。

「義弟が女満別《めまんべつ》空港まで送り迎えしてくれたので、この家から実家でも五時間ちょっとです」

遠い北国からそんな時間で帰ってこられることに、元哉はいささか驚いていた。

だが、一昨日の夜のアリバイは完璧ということになる。元哉は安心した。

疑わしいところは少しも感じられない結花夫人だ。

とは言え、念のために結花の行動の裏はとる必要があるだろう。

「へぇ、意外と近いのですね。すると帰ってこられたのは何時頃ですか？」

亜澄は問いを重ねた。

「はい、昨日の朝の第一便の羽田行きで帰ってきたのですが、午後一時半頃です。帰宅したら、留守録に警察からの電話が入っていまして、こちらから電話すると……」

　結花は言葉を途切れさせた。

「さぞ驚かれたことでしょう」

　亜澄は声を落とした。

「初めは警察の方がなにを言っているのかわかりませんでした。信じられない思いで鎌倉署にタクシーを飛ばしました。そうしたら……」

　またも結花の両目から涙があふれ出た。

「おつらかったですよね」

　心からの同情を亜澄は声に示していた。

「わたし警察の霊安室で立ちくらみを起こしてしまいました」

　結花は喉を詰まらせた。

「土曜日の夜にお電話でお話しになったんですよね」

　亜澄は問いを変えた。

「はい、九時頃に自宅の固定電話に掛けました。これから外へ出かけるから、今夜は電話しなくていいって言っていました。夜に出かけることはよくあるので、気にしていませんでした。わたしの帰りが遅いときには、藤沢の馴染みのお店に飲みに行くんです。鎌高前の駅から江ノ電に乗ってね。深夜まで飲んでタクシーで帰宅するのがふつうでした。土曜もいつもと同じで飲みに行ったんだと思っていました」

「朝になってから電話はしたんですか」

「いえ、電話したのは羽田に着いてからです。スマホに掛けても家に掛けても、電話に出ないんで変だとは思ってたんです。でも、まさかあんなことになっているとは……」

結花は言葉を詰まらせた。

わずかの間、沈黙が漂った。

「大変失礼なことを伺いますが、若尾先生を憎んでいるような人はいなかったのでしょうか」

恐縮したようすを見せて、亜澄は尋ねた。

「わたしには思いあたりません。おだやかで、三人いる事務所のスタッフにも荒い言葉などを使うことはなかったようです。スタッフはときどきうちへも遊びに来ているくらいで、関係は良好だったと思います。変な話ですけど、お給料も弾んでいたみたいです」

はっきりと結花は首を横に振った。

「ライバルというか、商売敵みたいな人はいませんでしたか」

亜澄は問いを重ねた。

「あの……建築家ってそれぞれに異なる思想や個性を持っています。造る家も人によって違います。だから、ある建築家がいなくなったとしても、ほかの建築家が得をするということはあまりありません。わたし、イラストレーターなんですけど、同じようなものです」

考え深げに結花は言った。

「イラストレーターさんなんですね。もしかすると、あちらの壁に飾られているのは奥さまの作品ですか」

亜澄は壁のイラストを眺めながら訊いた。

「そうです。夫が気に入ったものを選んでくれました。さっきのお話ですが、ライバルがいなくなったから、自分が上がっていける仕事じゃないような気がします。たとえば漫画家とか小説家とかも同じじゃありませんか」

同じ主張を結花は繰り返した。

結花が言っていることはよくわかる。ある小説家が死んだとしても、ほかの小説家の本が売れるようになるわけではないだろう。

「たしかに……」

素直に亜澄はうなずいた。

「それに、夫がいなくなったって、住宅プロデュース会社や不動産会社などが、夫の仕事をすべて誰か一人の建築家に振るということはないと思います。そっくり仕事を譲られたって、その建築家は仕事をこなしきれないだろうと思います」

少し厳しい顔つきで結花は言った。

建築家は漫画家などよりは、もう少しライバルの存在は大きい稼業かもしれない。だが、誰か一人が死んだからと言って、直ちにほかの建築家の仕事が増えるというようなものではないだろう。

結花は同業者の建築家のなかに犯人がいるとは考えたくないのだろう。

「奥さまはもしかして、若尾先生と同じ学校のご出身なのですか」

亜澄は質問を変えた。

「はい、夫は武蔵野美大時代の先輩なんです。学科は違いますが、同じ写真サークルに入っていたんで知り合いました」

結花はいくらかやわらかい表情になった。

「へぇ、お二人とも写真が趣味なんですか」

「デジカメも発達していない頃なんで、フィルムカメラで撮っていました。暗室での現像も覚えたんですよ。わたしはおもに、ミノルタのＰＲＯＤ‐20'sというコンパクトカメラを中古で買って、スナップ写真を撮ってました。本当はライカがほしかったんですけど、手が届かなくて……。夫はニコンのＦ３を中古で買って風景写真を撮っていました。二〇世紀終わり頃の話です」

少し明るい声で結花は答えた。

「スナップ写真と風景写真ですか」

あいまいな顔つきで亜澄は訊いた。

元哉もカメラのことは少しもわからないが、亜澄も同じようだ。

「はい、美大生にとって写真というのは必修科目なんですよ。教養課程には必ず写真の講義があります。構図や光の捉え方など勉強しなければならないことが、写真にたくさんあるのです。その頃、人気があったイベントサークルにでも入ればいいのに、夫もわたしもくそまじめなところがあったんでしょうね」

結花は口もとにわずかに笑みを浮かべた。

亜澄は次の質問に入るためか、口を開きかけた。

とつぜん、玄関チャイムの音が響いた。

「あら、誰かしら……」

結花はさっと立ち上がって玄関に向かった。

2

すぐに結花は一人の背の高い男を連れて帰ってきた。

「お友だちの羽仁《はに》さんが、さっそく来てくださいました」

目に見えて明るい声で、結花は羽仁を紹介した。

結花の横に立っているのは、四〇代半ばくらいの男だった。

長めの髪と細い輪郭が特徴で、目鼻立ちはスッキリしている。

白地に黒い線でイラストの入った長袖のシャツとブリーチの入ったデニムというシンプルな恰好だった。かわいらしくデフォルメされた狼のイラストは珍しい。よくはわからないが、デザイナーズシャツのようだ。

羽仁は明るい雰囲気を持っている。

「すみません、神奈川県警の小笠原と言います。こちらは吉川です」

さっと立ち上がって亜澄は名乗り、元哉の紹介もした。

元哉もきちんと頭を下げた。

「羽仁直人《なおと》です。ご苦労さまです。僕もいちおう建築家をしています」

はにかむように羽仁はあいさつした。

「ここにいてお話の邪魔なら、わたしたちは席を外していますが」

亜澄は遠慮の言葉を口にした。

あと少し、質問を続けたい気持ちは元哉にもあった。

行く場所もないので、外で待つしかない。

「いや、かまわないです。なにしろ、お昼のニュースで若尾先輩のことを知って、取るものも取りあえず駆けつけたというわけです。すぐに失礼しますから」

羽仁は顔の前でせわしなく手を振った。

なるほど、弔問にきた友人というわけか。

「若尾先輩がまさかこんなことになるなんて」

羽仁は肩をすぼめた。

「ひと晩経っても、どうしても信じられない。金曜までは元気だったのに……」

結花はまたも喉を詰まらせた。

「結花ちゃん、これ……」

言葉少なに、羽仁は香典袋を渡した。

「すみません、羽仁ちゃんにまで心配かけちゃって」

結花はぺこりと頭を下げて、言葉を継いだ。

「まだ、若尾は帰ってきていないし、お香典なんて頂くと事実なんだなぁって、思えてくる」

淋しげに結花は目を伏せた。

「かえって申し訳ないな。でも、結花ちゃんの気持ちを考えると放っておけなくて」

同情を顔にはっきり出して、やさしい声で羽仁は言った。

結花をちゃん付けで呼ぶなど、二人はずいぶん親しそうだ。

「ありがとう。むかしから、わたしたち夫婦は、羽仁ちゃんに助けてもらってばかりだったね。とにかく座って」

結花はさっきまで自分が座っていたソファの位置を右手で指し示した。

「お仕事の邪魔ではないですか」

羽仁は元哉たちのほうへ向き直って、気遣わしげに言った。

「いえ、こちらこそ申し訳ないです」

亜澄は明るい声で答えた。

「コーヒー淹れてきますね」

少し元気になったのか、結花はキッチンへと立った。

結局、羽仁は元哉と亜澄の正面に腰を下ろした。

「若尾さんご夫妻とお親しいのですね」

やわらかい声で亜澄は訊いた。

「ええ、僕は若尾先輩と同じ武蔵野美術大学で、同じ建築学科の一年後輩なのです。結花さんとも学生の頃から親しかった。僕と彼女は学年は一緒です。あの頃は三人でよく遊びに行きましたよ。僕は実家暮らしでバイト代でリッチだったんです。クルマ持ってたから、ドライブにも行ってね。あの頃は僕たちは武蔵美《ムサビ》の周辺に住んでたから、湘南によく来てね。鎌倉、江の島、逗子、葉山なんかに来るのが楽しかったなぁ。若尾先輩は海の写真を撮ってましたよ」

　なつかしそうに羽仁は喋った。

「羽仁先生も写真サークルだったんですか？」

　笑顔で亜澄は訊いた。

「え……そんな話まで知ってるんですか」

　目を見開いて羽仁は訊いた。

「雑談してたら、結花さんから伺ったんです」

　すました顔で亜澄は答えた。

「残念ながら、僕はそんなにまじめじゃなかったから、イベントサークルやってました。ミレニアム・カウントダウン・パーティーなんて企画したりしてね。要するにモテたかったんですよ。それほどうまくいかなかった」

　羽仁は照れたように笑った。

「学生時代は遊び人だったんですね」

　亜澄はいたずらっぽく笑った。

「でも、就活は必死だったんです。その頃は、四年制大学の建築学科を卒業後に二年以上の実務経験がないと、一級建築士の試験が受けられませんでした。いまは先に合格して、実務経験は資格登録要件になってますがね。僕が学生時代には、とにかく実務経験がなければ、一級建築士の試験を受けることさえできない。実務経験が得られる会社や事務所にどうしても就職しなくてはなりませんでした」

まじめな顔になった羽仁は言った。

「一級建築士って国家資格ですよね。詳しいことを知らなくて……簡単に教えて頂けますか」

ていねいに亜澄は頼んだ。

「はい、国土交通省が与える免許です。超高層ビルから、大きな橋、スタジアム、個人の住宅まであらゆる建築物の設計や工事監理をする仕事です。全国に三七万五〇〇〇人ほどいます。また、二〇〇六年から大規模建造物の設計をする際には構造設計一級建築士、設備設計一級建築士という資格が必要となりました。一級建築士のなかでさらに五年以上の経験を積んだ者が一定の講習を受けて資格を得ることができます。僕の仕事は個人住宅オンリーで、大規模の仕事をしていないので必要はないです。また、一級建築士のほかに、二級建築士、木造建築士の三段階の資格があります。二級建築士や木造建築士はそれぞれ設計できる住宅等に制限があります。ちなみに建築士全体のなかで一級建築士が占める割合は三割強です」

羽仁は淡々と説明した。

「ありがとうございます。話の腰を折ってしまいました。それで羽仁先生は就職には成功したんですよね」

　亜澄は話題を元に戻した。

「なにせロスジェネ世代でしたから就職には苦労しました。あちこちの設計事務所をまわりましたよ。建築事務所は大きく二つに分かれます。ひとつは跡部事務所、若尾先輩や僕の事務所のようなアトリエ系事務所と、中小の設計会社以上の規模の組織系建築設計事務所です。規模の違いと言えばそうなんですけど、アトリエ系は施主《せしゅ》の希望をよく汲み取りデザイン的にも妥協しない設計が多いです。一方、組織系設計事務所は基本的には個人住宅の設計には消極的であり、デザインセンスでは勝負しません。最近は、両方のいいとこ取りの事務所も増えつつあるようです。僕はオシャレな個人住宅やデザイナーズハウスを設計したかったので、第一志望はアトリエ系でした。ですが、いくつもの事務所をまわっても、なかなかうまくいかず、ずいぶん凹んだりしましたよ。でも、僕はラッキーでした。これ以上は望めないくらいの、大変に素晴らしい設計事務所に就職できましたから」

　羽仁はにこっと笑った。

「どちらへ就職なさったんですか」

　畳みかけるように亜澄は訊いた。

「跡部信太郎先生の事務所である《跡部設計事務所》に採用されたんです」

誇らしげに羽仁は胸を張った。

「それって……若尾先生の……」

亜澄の言葉に覆い被せるように羽仁は言った。

「そうです。僕は大学に続いて、跡部事務所でも若尾先輩の後輩となったのです。僕を誘ってくれたのも若尾先輩です。ダメ元で跡部事務所を訪ねたのです。ところが、案に相違して結果はマルでした」

いくぶん上気したようすで羽仁は言った。

「いい先輩だったのですね。でも、採用されたのは羽仁先生にそれだけの力があったからだと思いますよ」

如才ない言葉を亜澄は口にした。

「タイミングがよかったんですよ。僕が四年生のときに、たまたま、跡部事務所のあるスタッフが辞めたので、うまい具合に僕がその後釜に座れたというわけです」

羽仁は謙虚な物言いをする男のようだ。

「跡部先生は日本を代表する建築家と伺いましたが」

うなずきながら亜澄は訊いた。

「ええ、プリツカー賞を受賞なさっている、我が国でもトップテンに入るような先生でした。先生のもとで修業したことは僕の一生の財産です。跡部先生には建築家とは社会にとってどういう存在であるべきか、住宅や多くの構造物はどんなテーマを求めるべきかの哲学を教わりました。もっとも先生は寡黙な方で僕たちに講義のようなことをするわけじゃない。ですが、そのお仕事ぶりからは学ぶことだらけでした。ふとしたつぶやきから僕はいかに多くのことを学んだことか。なんて貴重な時間だったのでしょう。先生が五年前に急なご病気で亡くなったときにも、僕は涙が涸れるほど泣きました」

羽仁は声を潤ませた。

「たとえば、住宅を設計するときに、跡部先生はどんなテーマをお持ちだったんですか」

亜澄は羽仁の目を見つめて訊いた。

若尾のテーマは『風』だと言っていたことが頭にあったのだろう。

「跡部先生のほかの建築物と同じです……『流れ』です」

真剣な目つきで、羽仁は重々しく言った。

「どういうことですか？」

亜澄は首を傾げた。

元哉にもさっぱりわからなかった。

「先生はすべての存在は一定の形を持っておらず、本来は『流れ』のなかに存在するとお考えでした。海や川はもちろん、桜の花も、魚たちも、鳥も獣も、もちろん人間も『流れ』のなかにしか存在しない。一箇所に留まることはないのです」

考え深げに羽仁は言った。

「建築物は留まっているんじゃないんですか」

亜澄と同じ疑問は、元哉も抱いた。

「いいえ、それはやはりひとときのことなのです。どんな堅固な建造物でも時間の経過に従って消えゆくものなわけです」

羽仁は静かに首を横に振った。

「たしかに一〇〇年残る建物は少ないでしょう。でも、奈良の法隆寺は一三〇〇年以上も残っていますね」

亜澄はやんわりと反論を試みた。

「その法隆寺だって、永遠に同じ状態で留まっているわけではありません。いつの日にか滅びるでしょう。また、少しずつ修築され続けて同じ存在に見えるだけなのかもしれません。ですから建築家は、その建物がどのような流れのなかに存在するのかを常に意識すべきなのです。その流れに身を委ねるのか、あるいは流れに逆らう挑戦をするのか……思弁のいちばん底には必ず流れに対する態度をたしかに抱くべきなのです。さらに先生は古典的なデュアリズム……つまり、二元論的な考え方に対して大いに関心を示しておられました。二元論は、古くは桂離宮を絶賛したブルーノ・タウトが日本建築を評するときに根底に置いた思弁方法とされています」

うっとりとした表情で羽仁は言った。

「哲学的ですが、ブルーノ・タウトはずいぶんむかしの建築家ですよね」

亜澄は目を瞬いた。

羽仁の話は、観念的で元哉にはよく理解できなかった。

高名な建築家というのは、こんなに七面倒くさいことを考えているのか。

家は明るく快適であればいいのではないか……。

「跡部先生は、『技術や建築資材はどんどん新しくなる。しかし、思想や思惟に新しいも古いもあるか』とおっしゃっていました」

真剣な顔で羽仁は言った。

「なるほど……たしかに、思想には新しいも古いもないのですね。わたしたちはソクラテスの言葉でさえいまだに大切に考えますもんね」

しきりと亜澄は感心している。

「ブルーノ・タウトは言うまでもなくドイツ表現主義の代表的な建築家なのですが、その建築思想はリベラルでした。そのため、ナチス・ドイツに目をつけられて、国外逃亡しました。彼が逃亡先として選んだ場所は日本でした。それゆえ、数々の日本建築への評価がなされたのです。結局、日本での仕事はうまくいかず、トルコ政府の招聘によりトルコに移り、一九三八年に彼の地で没しました。それからちょうど七〇年後の二〇〇八年にブルーノ・タウトが設計した《田園都市ファルケンベルクの住宅》群が世界遺産に登録されました。最近、彼の業績はふたたび脚光を浴びるようになりました。そもそもブルーノ・タウトの思考の基礎であるドイツ表現主義は二〇世紀初頭にドイツで起こった一大芸術運動であり、その根本は印象主義に対するアンチテーゼであったわけです。たとえば、構造主義的なテーゼそのものが……」

熱に浮かされたように羽仁は話し続けるが、どんどん話題が逸れてゆく。

「あの、わたしたちには難しすぎるようです」

亜澄は眉をハの字にして言った。

「失礼しました。もちろん、そのような思想や思考は直接的に設計に反映されるというものではありません。あくまで底流に置くべきものです。いや、すみません、つい……」

羽仁は肩をすぼめた。

「ところで、羽仁先生は亡くなった若尾先生にも教えを受けたのですよね」

亜澄は話を戻した。

「具体的なことは何から何まで若尾先輩にお世話になりました。建築写真の撮り方から始まって、製図を書くためのＣＡＤ《キャド》や３Ｄソフトの使い方、パースの描き方、模型の作り方、設計課題への向き合い方、各構造材の勉強など……美大時代の授業で習っていたことを、事務所の仕事内容に即して具体的に教えてくださいました。つまり建築家として現実に生きていくためのノウハウを教えて頂いたのです。そのうちに一級建築士の試験にも無事に合格しました」

羽仁は採用当時を思い出すような目つきで話した。

「本当にいい先輩だったのですね」

感じ入ったように亜澄は言った。

「はい、僕が今日こうして建築家だなんて言っていられるのも、跡部先生と若尾先輩のおかげなんです。僕はずっと若尾先輩に感謝し続けて日々を送ってきました。だから、今日は人生でいちばんつらい日です。まさか、こんなことが起きるだなんて……」

羽仁は言葉を途切れさせた。

いままでのようすから羽仁が被疑者である可能性は皆無だと、元哉には感じられた。

そう言えば、結花がいつまでも帰ってこない。

元哉は気になってソファから立ち上がり、リビングの隣のキッチンに足を向けた。

そっと入っていくと、シンクの前に結花がいた。

結花がちいさな白い木製の椅子に座ってボーッとしている。

「大丈夫ですか」

元哉はやさしく声を掛けた。

ハッと気づいた結花は、反射的に元哉の顔を見た。

「あ……」

両の瞳から涙があふれている。

「ごめんなさい」

カーディガンの袖で、さっと結花は顔を拭いた。

痛ましくて元哉は答えを返せずに、黙ってあごを引いた。

「コーヒー入りましたんでお持ちしますね」

無理な笑顔を作って、結花は笑った。

「どうもすみません」

元哉は今度はしっかり頭を下げてリビングに戻った。

「すごく失礼なことを伺いますね。これも仕事なんで……土曜日の夜、午後一〇時から一二時頃はどちらにいらっしゃいましたか」

慎重な口ぶりで亜澄は、羽仁にアリバイを確認している。

「なにをおっしゃるんですか。僕は若尾先輩をこころの底から尊敬しているのですよ」

羽仁の額には青筋が立った。

「もちろんお話を伺ってよくわかりました。でも、ごめんなさい。これが仕事なんです」

亜澄は顔の前で手を合わせた。

羽仁の憤りはさっと収まったかに見えた。

気の毒そうな目で亜澄を見ている。

「つらいお仕事なんですね……でも、ラッキーです。土曜の夜から日曜日の朝のアリバイは完璧ですよ。僕は伊豆高原のホテルに泊まっていました。一部の設計に携わったことがある宿でね。伊東駅からタクシーで五分ほどの《海宿　伊東》というリゾートホテルです。特急『踊り子』で横浜駅から伊東駅までを往復して後はタクシーです。チェックインは五時半頃、チェックアウトは九時半頃です。フロントに訊いてもらえばすぐに確認できます。夜一〇時頃に喉が渇いたんでルームサービスのワインも頼んでますよ、ひと晩、伊東市にいたんですから、鎌倉に夜中に来るのは無理ですね」

自信たっぷりに羽仁は説明した。

もちろん裏はとらなければならないが、羽仁のアリバイも問題がなさそうだ。

元哉はかるく目礼して、元いた席に戻った。

「お待たせー」

両手で白木のトレイを捧げ持つようにして、結花がゆっくりと歩いて帰ってきた。

もう感情の乱れを表すようなことはなく、平静な表情に戻っていた。

コーヒーの入ったカップを四つと砂糖やクリームを、ソファの前のカフェテーブルに置いた。

「結花ちゃん、なんだか悪いね」

羽仁は恐縮したように言った。

「わたしね、御成通りの自家焙煎のお店で豆を買ってるのよ。うちのコーヒーは自慢なんだから」

結花は明るい声を出そうと努めている。

聞き込み先でコーヒーを頂くなど、刑事にとってふだんは考えられないほどの厚遇である。

キッチンからさっきの椅子を持ってきて結花はソファの横に座った。

「すみません」

「頂きます」

元哉と亜澄も口々に礼を言って、カップを口もとに持っていった。

結花が自慢していたとおり、焙煎の加減がよく、香りが豊かで苦みが引き締まっている。

ミネラルウォーターらしき水を使っていることもわかった。

「そう言えば、田中《たなか》さんや小寺《こでら》さん、榎本《えのもと》くんにも連絡しなくっちゃね……」

なんの気なく結花が言った言葉に、元哉は聞き耳を立てた。

亜澄も同じことだった。

二人は顔を見合わせた。

「いまの三人の方はどなたですか？」

あえて静かな声で亜澄は訊いた。

「若尾の跡部事務所時代の同僚です。皆さん、二〇代の頃からのおつきあいだったんです」

平板な調子で結花は答えた。

「僕に続けて跡部事務所に入ったヤツらです。いちおう後輩ってことになるんですけど、まぁ、同期生みたいなもんですよ。それぞれ一級建築士の資格を取っていまして、建築家として独立しているんです」

楽しそうに羽仁は言った。

「むかしは皆さんがお見えになって、よく遊んでたわね。前の扇ガ谷《おうぎやつ》の家のときには飲みに来たし、マージャンしたり、みんなで映画観たり……」

羽仁につられて、結花もなつかしそうな声を出した。

「そうそう、あの頃、五〇インチのテレビなんてあるのは、若尾先輩のお宅だけだったからね。みんなそれが目当てっていうのもあったんじゃないかな。『ロード・オブ・ザ・リング』とか、『ハリー・ポッター』の最初のヤツとか、『ALWAYS　三丁目の夕日』シリーズとかさ……洋画も邦画も先輩宅にはたくさんDVDがあったから、みんな期待してたんだよ」

羽仁は結花に向かって笑顔で言った。

映画のタイトルからすると、二〇〇〇年代なかばの話のようだ。

「そうだったっけね」

結花は口もとに笑みを浮かべた。

「そうだよ。ハードもソフトもそろってた。サラウンドで、しっかりスーパーウーファーもあったから音響もド迫力だったし……五人のなかでいちばんの成功者は、なんて言っても若尾先輩だったからなぁ」

詠嘆するような羽仁の声だった。

「若尾と羽仁ちゃんとあとの三人が仲がいいってことは、跡部先生もご存じだったね。いつだったか、クリスマスにみんながうちに遊びに来たときに、跡部先生からシャンパンが届いたじゃない。わたしはすごく恐縮して、お返し選びに悩んだよ」

結花はちいさく笑った。

「もちろん、跡部先生は知ってたさ。跡部事務所のスタッフたちは、五人の一級建築士のことを『跡部五人衆』って呼んでたんだ」

おもしろそうに羽仁は笑った。

「ああ、そうだ。『跡部五人衆』って言われてた」

さっと結花はうなずいた。

「すみません、メモ取らせて下さい。『跡部五人衆』の三人のお名前とか知りたいんです」

亜澄は頭を下げて頼んだ。

「年齢の順に行きましょうか。でも、三人の名前と携帯番号を書いちゃいますね」

ポケットから羽仁はボールペンを取り出した。

「あ、助かります」

亜澄は自分のメモ帳を羽仁に渡した。

スマホを覗き込んで、ささっと羽仁は三人の名前と携帯番号を書き記した。

手帳を亜澄に返した後で、羽仁はゆっくりと口を開いた。

「まず、田中正行《まさゆき》は四四歳で横浜で《タナカアトリエ》を開いています。住まいは藤沢市内だったと思います。榎本賢三《けんぞう》は四二歳、大手のハウスメーカーの《タケザワホーム》に勤めています。住まいは横浜市旭区じゃなかったっけな。小寺隆則《たかのり》は四一歳。元町で《小寺設計事務所》をやっています。住まいは事務所の隣だと思います。でも、最近は忙しくて榎本くらいしか会ってないんで、住所や勤め先などは変わっているかもしれません」

羽仁は言葉を濁した。

「ありがとうございます。大変に参考になる情報です」

亜澄は羽仁の言葉を書き写していた。

「ちなみに榎本は四ヶ月前から渡仏して、リヨンで金持ちの別荘の設計という仕事に就いています……アリバイは僕以上にしっかりしています」

羽仁は右目をつむった。

「フランスに……そうですか」

亜澄は返事に困ったらしく、適当な答えを返した。

「でも若尾は、最近、田中さんや小寺さんとはあまりつきあいがなかったんです。羽仁ちゃんと榎本くんのことはよく話題に出してたし、二人とも時々遊びに来てくれたわよね。でも、田中さんや小寺さんのことは話題にもならないし、しばらく顔見てないですね」

静かな表情で結花は言った。

「その二人とはいつ頃からお会いになっていませんか」

さっと亜澄は確認の言葉を口から出した。

「そうですね、もう六年くらいはうちには来ていないです。ここの家は六年前に建ててその秋に引っ越してきたんだけど、その引っ越しのお祝いのときに羽仁ちゃんや榎本くんと四人で来てくれたのが最後かな」

思い出したように結花は言った。

「あんときは大酒飲んで酔っ払って、榎本なんて海に泳ぎに行くって大騒ぎだったな。服脱ぎ出して若尾先輩に水ぶっかけられてた。そんで田中は船を出すって騒いでた。しようがない酔っぱらいたちだ」

羽仁の言葉に結花は噴き出した。

初めて結花の素直な笑いを見た。

「そうそう……覚えている。みんなで榎本くんのこと必死で止めたよね」

掌で口もとを押さえながら、結花は肩を震わせた。

「そのときは和気あいあいとした会だったのですね」

結花の顔を見つめて亜澄は訊いた。

「ええ、皆さん楽しんで帰っていったと思います、若尾も上機嫌でした」

しんみりと結花は答えた。

過去の楽しい想い出は、いまの彼女にとってはつらいだろう。

「結花ちゃん、僕はそろそろ失礼するよ。刑事さんたち、なにか訊き忘れたことはないですか」

立ち上がりながら、羽仁は明るい声で訊いた。

「いいえ、お話はじゅうぶんに伺えました」

亜澄はちいさく首を横に振った。

「なにか思い出したら、僕に電話ください。今日は名刺持ってないけど、《羽仁建築士事務所》でググってくれれば電話番号はすぐわかりますから。今日は本物の刑事さんに会えてよかったです」

目もとに明るい笑みを浮かべて羽仁は言った。

「ご協力に感謝します」

亜澄は深々とお辞儀をした。

かるくあごを引いて、羽仁は結花に向き直った。

「じゃあね。結花ちゃん、しばらくは大変だろうけど……困ったことがあったらいつでも電話して。僕で役に立つことがあったら嬉しいからさ」

やさしい声で羽仁は結花を慰めた。

「ありがとう。羽仁ちゃんを頼りにしちゃうね」

結花は答えて、玄関まで羽仁を送っていった。

元哉たちは、残りのコーヒーを飲んで結花が戻ってくるのを待った。

「羽仁さんはいつも本当に親切な方でして……」

戻ってきた結花は、わずかな微笑みを浮かべた。

「わたしたちもう失礼しますが、最後にお聞きしたいことがあります」

亜澄はあらためて切り出した。

「なんでしょう」

結花は元哉と亜澄の正面に腰を下ろした。

「いま伺った『跡部五人衆』の四人のほかに、プライベートで若尾先生と仲よくしていた方はいませんか。お仕事上の取引先とかではなく……あくまで個人的なおつきあいの範囲で教えてください」

亜澄は残っていた質問を再開した。

若尾の仕事関係の取引先やクライアントについては、ほかの捜査員が調べることになっている。

「プライベートとなりますと、羽仁さんと榎本さんのほかはあまりつきあっている人はいなかったですね。わたしと違って若尾はもともとあまり人づきあいが得意なほうではなかったのです。ふだん、仕事以外でおつきあいのあったのは、自分の好きな藤沢のお店の人くらいでしょうか」

「そのお店の名前を教えて頂けますか」

「はい……藤沢駅南口のショッピングモール《湘南藤沢オーパ》の裏にある《ジェントル・メイツ》というお店です。ちいさな古いバーで、マスター一人でやっています。女の子も置いていないような店です。ただ、夫はマスターの人柄とカクテルの腕に惚れ込んでいました。わたしが用事で出かける夜などには遅くまで飲んでいたようです。仕事の発想を得るためなのか、単なるストレス解消なのか、わたしにはよくわかりません」

あいまいな顔つきで、結花は答えた。

「藤沢駅南口の《ジェントル・メイツ》ですね」

亜澄はしっかりメモをとっていた。

いちおう裏をとる必要はあるだろう。

「ご親戚づきあいはいかがでしたか」

亜澄は問いを重ねた。

「夫はひとりっ子で両親……つまりわたしの義父母ですね。その義父母もとっくに病気で亡くなっていますので、自分の親族はわたし一人でした。わたしの両親や妹夫婦とはそれなりにつきあっていましたが、年に一度会うくらいのものでした」

「とすると、プライベートではほとんど人とのおつきあいをなさっていなかったんですね」

「はい……こういう言い方をすると変なんですけど、夫はプライベートではわたしと一緒にすごす時間を大切にしていましたので……ほかには時間を割けなかったのだと思います」

しんみりとした顔で結花は言った。

「素晴らしいご主人だったのですね」

亜澄はうっとりしたような声を出した。

見る見る結花の表情が曇った。

また瞳から涙があふれ出るのではないか……。
つい言ったことを後悔しているような亜澄の顔つきだった。
だが、結花の表情は平静に戻っていった。
そのとき玄関からチャイムの音が響いてきた。
「あら、羽仁さん戻ってきたのかな」
結花は立ち上がった。

3

結花と一緒にリビングに入ってきた女性を見て、元哉は息を呑んだ。
すらりとした体形の女性がリビングの入口に立っている。
白地に薄いブルーで細かい花柄を描いたワンピースを着ている。
肩から生成りのコットントートバックを提げていた。
亜澄もぼう然とした顔つきで女性を見ている。
「波多野さん……」
思わず元哉の口から英美里の名がこぼれ落ちてしまった。
英美里は元哉の顔を見て目を丸くした。

「あら、こんにちは」

明るい声で英美里はあいさつした。

「お知り合いですか」

けげんな顔で結花は元哉の顔を見て訊いた。

「はい……友人です……」

仕方なく元哉は肩をすぼめて消え入りそうな声で答えた。

「驚いた。英美里に刑事さんの友だちがいるとはね」

言葉通りに結花は驚きの表情を浮かべていた。

二人はだいぶ親しいようだ。

「昨日、お友だちになったばかりなの。昨日はね、刑事さんのお仕事は関係なくてね……インタビューして頂いたのよ」

嬉しそうに英美里は答えた。

いや、インタビューの話はまずい……任意で始まったわけではなく、沙也香にだまされたのだ。

ギャラをもらっているわけではないから、公務員の副業禁止規定に触れるわけでもない。

だが、亜澄はそう簡単に許してくれそうにない。

やはり亜澄は目を剝いた。

「あら、そうなの？」

結花はさらりと言ってから、亜澄のほうを見て、英美里を紹介した。

「わたしのイラストレーター仲間の波多野英美里さんです。同じ七里ヶ浜で家もご近所なんです」

「波多野さんはシーグラス作家さんじゃないんですか」

目を瞬いて亜澄は訊いた。

「そうなんです。でも、それだけじゃ食べていけないんです。本業は雑誌やウェブにイラストを描いています。吉川さんのご同僚でしたね」

にこやかに英美里は訊いた。

「鎌倉署刑事課の小笠原亜澄です。吉川の指導係です」

亜澄はヌケヌケと改めて自己紹介した。

「あら……反対かと思っていたのに」

意外そうに英美里は、元哉と亜澄の顔を見比べた。

別に面目丸つぶれというわけではない。

二歳年下だが亜澄は巡査部長で、自分は巡査長だ。

亜澄が受かった巡査部長試験に、元哉は落ちてしまった。

ただ、亜澄は上司ではないし、指導係というのも正確ではない。巡査や巡査長が、巡査部長とバディを組むことは一般的だ。刑事の場合、部長刑事と呼ばれる巡査部長がリーダーシップをとることになる。あえて訂正するのも大人げないので、元哉は黙っていた。

「今日も小笠原さんは吉川さんとお仕事ですか」

英美里はにこやかに訊いた。

いまのところ若尾宅に来ている理由の想像がつかないようだ。

「はい、昨日の材木座の事件を捜査しております」

亜澄は低い声で答えた。

「そう……ですか……」

言葉を途切れさせて英美里はうつむいた。

なんの用件で元哉たちがここに来ているか、ようやく気づいたようだ。

英美里にはボーッとしたところがある。と言うか鈍いところがあるようだ。

「英美里もソファに座って」

気楽な調子で結花は言った。

「あ、僕たちはもうおいとましますんで……」

立ち上がろうとしたら、亜澄が元哉の肩を手でグッと押さえた。

「ちょうどいいので、波多野さんにもお話を聞かせて頂きたいんですけど」

笑顔で亜澄は頼んだ。

言葉は丁重だが、有無を言わせぬ口調だった。

結花の友人にまで捜査対象を広げる必要があるのだろうか。

「かまいませんよ。午前中は出かける用事はないですし」

だが、英美里はさらっと承諾した。

「助かります」

すました顔で亜澄は言った。

「その前に、これ、少しだけど……ほんとになんて言っていいか……元気出してね」

英美里は悲しげに目を伏せて香典袋を渡した。

やはり彼女も弔問のためにやって来たのだ。

「なんか気を遣わせちゃって……まだ、帰ってきてないのよ」

静かな声音で結花は言った。

「悲しいね……なにか力になれることがあったら言ってね」

やさしい声で英美里は慰めた。

「ありがとう。こうして英美里の顔を見てるだけでも癒やされる」

結花は英美里の顔を見て、力なく微笑んだ。

「やさしいご主人だったのにね」

ぽつりと英美里は言った。

「コーヒー淹れてくるね。そこに座ってて」

また、泣きそうになった結花は、ソファを指し示して言った。

キッチンでさっきのように泣いてしまうのではないかと、元哉は気がかりだった。

だが、放っておくしかない。

「せっかくなので、お話を伺わせてください」

亜澄はそのあたりの機微には無関心な体で、正面に座った英美里に対して頼んだ。

「はい……でも、わたしはご主人のことはあまり知らないのです」

とまどいの顔で英美里は答えた。

「奥さまの結花さんとはお親しいんですよね」

さっと亜澄は質問を開始した。

「はい、もう九年来のお友だちです。歳は結花さんのほうがずっと上なんですけどね」

英美里はかすかに微笑んだ。

「どんなきっかけでお知り合いになったんですか」

平らかな表情で亜澄は訊いた。

「飯田橋のアートギャラリーでわたしが最初に個展をやったときに知り合ったんです。

二四歳のときでした」

　さらっと英美里は答えた。

「お若いのに、個展を開かれたんですね」

　驚いたように亜澄は訊いた。

　元哉もいささか驚いた。

「はい、そのギャラリーって、普通の画廊とは違って、いくつにも部屋が分かれてるんです。で、駆け出しイラストレーターだったんだけど、少しでも多くの人に自分の絵をみてもらいたくて……思い切ってアートギャラリーのいちばん狭い部屋を借りて個展をやったんです」

　気負いなく英美里は言葉を継いだ。

「そしたら、隣の少し広い部屋で個展を開催中だったのが、若尾結花さんでした。結花さんのとこにはお客さん来るんですけど、わたしのとこにはぜんぜん人が来なくて……暇を持て余してたんで結花さんの部屋にちょくちょく遊びにいってたんですよ。彼女の作品はシルクスクリーンだったんですけど、やさしい画風もすごく好きになって」

　やわらかい声で英美里は答えた。

「それで仲よくなったんですね」

　畳みかけるように亜澄は訊いた。

「はい、彼女は武蔵野美大の視覚伝達デザイン学科卒だったんですけど、わたしは多摩《タマ》美《ビ》のグラフィックデザイン学科卒だったんで、いろいろと話が合って。美大あるあるで盛り上がって、すごく仲よくなって……それ以来のお友だちです」

楽しそうに英美里は言った。

「わたし警官なんて職業ですけど、色彩には興味があるんですよ……美大って、いまでも憧れますね」

なぜか亜澄はいくぶん硬い表情で答えた。

たしかに亜澄がすぐれた色彩感覚を持っていることは、元哉も知っている。

かつての事件で、日本を代表する洋画家の鰐淵《わにぶち》一遥《いちよう》画伯が、亜澄の色彩感覚を絶賛していたことがある。

「これから美大を目指してはいかがですか」

おどけた表情で英美里は言った。

「いえ、刑事としての自分が気に入ってますから」

妙にくそまじめに亜澄は答えた。

亜澄はなにをカリカリしているのだろう。

「はぁ……ところで、結花さんたちのご夫婦が七里ヶ浜に住んでいるのにも、わたしは関係があるんですよ」

英美里は急に話題を変えた。

「どういうことでしょうか」

亜澄は平らかに訊いた。

「その個展の頃から、わたしはいまの賃貸アパートに住んでたんですよ。七里ヶ浜駅から二〇〇メートルくらいのところで、道へ出ると海も見えるんです。七里ヶ浜全体に賃貸住宅は少ないんですけど、わたし、鎌倉の海沿いにどうしても住みたかったから半年がかりで探したんです。そしたらいいところがあって……十年くらい前に世田谷から引っ越してきました。で、お友だちになった結花さんをお招きしたことがあったんです。そしたら、彼女も七里ヶ浜が気に入っちゃって……それからご夫婦で何度か七里ヶ浜あたりに遊びに来たんですよ。ここって素敵なレストランもたくさんあるじゃないですか。そのうち、結花さん自身が七里ヶ浜ファンになっちゃって……その頃、若尾ご夫妻は扇ガ谷に住んでたんですけど、わたしが結花さんに強力に奨めちゃったんです。そしたら、結花さんは若尾先生を説得しちゃって」

おもしろそうに英美里は笑った。

「なるほど」

「いったん七里ヶ浜に引っ越そうとなると、若尾さんのお宅はお金がありますからね。ここにすごい豪邸建てちゃったというわけです」

「すると、若尾さんご夫妻が七里ヶ浜に引っ越してきたのは、波多野さんのおすすめがあったからなんですね。でも、わたしの知るところでは七里ヶ浜の地価は決して安くはありません。しかもこの素晴らしいお宅です。若尾先生はそんなに収入があったんですか」

亜澄は淡々と訊いた。

捜査会議では億に達する年収があると言われていた。亜澄は英美里の感覚的な把握というものを聞きたかったのだろう。

「ええ、いつも裕福な感じでしたね。結花さんもギャラなんて考えずにイラストの仕事ができていたようです。跡部事務所に勤めていた頃はふつうのサラリーマンと変わらなかったみたいですよ。共働きで大変なんて結花さんが言ってたらしいですから。横浜の《シーエアホテル》なんかの業績で、日本建築家連盟賞をとって独立してから変わったみたいです」

「やはり、若尾先生の転機は二〇〇八年に日本建築家連盟賞を受賞してからなんですね」

亜澄は念を押すように訊いた。

「そういうことみたいですよ。わたしは建築のことはわからないんで、人に聞いた話ですけど、その頃から格段に生活が豊かになったらしいです」

おぼつかなげに英美里は答えた。

「お待たせしました」

結花が先ほどと同じトレイを運んできた。

「コーヒー淹れてきたよ。刑事さんたちもよろしければどうぞ」

にこやかに言って、さっきと同じように結花は四つのカップをテーブルに置いた。

「結花さんのコーヒー美味しいよね」

英美里は顔をほころばせた。

「まかせといて。さ、どうぞ」

英美里の来訪から結花はすっかり落ち着いてきたように見える。

元哉たちは次々に頭を下げて、カップを手に取った。

「失礼なことを伺わなければなりません。波多野さんは土曜日の夜はどこでなにをしていましたか」

亜澄は英美里に向かってはっきりとした声で訊いた。

「ちょ、ちょっと。英美里は関係ないですよ」

結花があわてて声を出した。

「いちおう皆さんに伺っている形式的な質問ですので、お気になさらずに」

すました顔で亜澄は答えた。

さすがに亜澄はやり過ぎだ。被害者の妻の友人のアリバイを確認する必要はなかろう。

元哉は制止しようと亜澄の顔を見た。

するとと亜澄はギロリとにらみ返してきた。

だが、英美里の表情は変わらなかった。少しも怒っているようには見えない。

「土曜の夜ですよね……。わたし、その晩は小田原の実家に泊まっていました。その日に高校時代の同級生の結婚式が小田原市内のホテルであったんです。で、朝一の東海道線に乗って、大船経由で横須賀線で鎌倉まで帰ってきました。江ノ電で由比ヶ浜に着いたのは六時過ぎでした」

のんびりとした口調で英美里は説明した。

「そのあと、どうしましたか」

亜澄は鋭い目つきで訊いた。

元哉には意味がわからなかった。

その頃には遺体が発見されていたのだ。

「それから浜辺でシーグラス拾いをやって……吉川さんと沙也香と会ったのは六時半頃でしょうか」

元哉は首が痛くなるほど立て続けにうなずいた。

「滝川沙也香さんと吉川は一緒に来たのですね。二人はどこから一緒だったのですか」

厳しい声音で亜澄は問いを重ねた。

それはそうだが……亜澄は事件とは関わりのないことを訊いている。

職権濫用ではないか。

「さぁ、存じません。それは吉川さんから聞いたほうがいいんじゃないんですか」

英美里はあきれ声を出した。

元哉はいたたまれない気持ちになった。

「失礼しました。あとで吉川から聞きます……前の晩の話ですが、結婚式の後はすぐにご実家に帰ったのですか」

ようやく亜澄は、まともな質問に戻った。必要とは思われないが……。

「いえ、披露宴が終わってから、同じホテルで二次会がありました。九時頃に終わってから夜中の一二時半まで市内のバーで友人たちと飲んでいて、実家に帰ったのは一時過ぎです」

はっきりとした声で英美里は答えた。

「二次会の後のあなたの行動は、バーに飲みに行ったお友だちに訊けばわかりますね」

トゲのある言葉に元哉には聞こえた。

「四人の友人が一緒でした。名前を言ったほうがいいですか」

英美里は不安そうに訊いた。

「必要なようでしたら、またご連絡いたします」

素っ気ない調子で亜澄は答えた。

そんなものが必要なはずがない。

亜澄はどうかしてしまったのだろうか。

「ほかになにかありますか」

ため息交じりに英美里は訊いた。

「いえ、ありがとうございました」

亜澄は礼を言うと、コーヒーを飲み始めた。

元哉もあわててカップに入った残りを飲み干した。

「大変長らくお邪魔しました。捜査へのご協力に感謝いたします」

すっと亜澄は立ち上がって、二人に向かって一礼すると踵を返した。

亜澄はそのまま玄関へと歩き始めた。

結花ははっきりと顔をしかめた。無礼な刑事だと思っているに違いない。

「コーヒー美味しかったです」

元哉もあわてて立ち上がった。

「捜査が進んでなにかわかりましたら、教えてくださいね」

「了解しました」

元哉はかしこまって答えた。

「じゃあ、また」

英美里に向かってささやくと、元哉は逃げるようにリビングを出た。

結花は送ってこなかったが、気にしないことにした。

4

若尾家の前の道に出ると、元哉は亜澄に向かって強い口調で言った。

「おい、なんで波多野さんのアリバイなんて訊いたんだよ」

「あんたのアリバイを訊きたいよ」

元哉の顔も見ずに吐き捨てるように言うと、亜澄は背中を見せて歩き始めた。

「なんだよ。今日の小笠原はおかしいぞ」

追いかけるように元哉は叫んだ。

亜澄は返事もせずに七里ヶ浜駅の方向に歩き続ける。

「おい、そっちは反対だろ？」

元哉が注意しても、亜澄は返事もしない。

七里ヶ浜駅の付近まで一五分ほど、二人は無言で歩き続けた。

と言うか、いつもとは比べものにならぬ早足の亜澄を、元哉は必死で追いかけた。

鎌高前の駅だったら、五分程度で着いたはずだ。

「休んでいきましょう」

亜澄は元哉の意思は確認せずに、海に近いコンクリート打ちっぱなしのビルに入っていった。店内は外国人の観光客でいっぱいだったが、運よく海の見えるテーブル席が空いた。

亜澄はさっさと空いた席に座った。

「いらっしゃいませ」

若い女性店員がテーブルを片づけにきた。

「レモンスカッシュ」

亜澄は名詞をひと言だけ発した。

感じが悪いことこの上ない。

「あ、僕も同じものお願いします」

元哉はなるべく愛想のよい声で頭を下げた。

女性店員は引きつった笑みとともに去っていった。

もしかするとケンカをしているカップルなどと思われたのかもしれない。

元哉は舌打ちした。

「インタビューってなによ」

亜澄は元哉の顔をギロリと睨んだ。

「いや、それはだね、滝川さんと由比ヶ浜に行ってだね……波多野さんが待ってたわけだ。で、俺はシーグラス作家なんて初めて会ったから、質問し始めたんだよ。そしたら、滝川さんがICレコーダーで録音を始めたのさ。予備知識がない俺が訊いたほうがいいということでそのまま質問を続けたんだ。その録音をもとに滝川さんはシニア層向けの生活情報誌『のんびりライフ』のコラムで、『海辺に暮らすアーティストと歩く鎌倉』とかなんとか、そんな記事を書くわけだ」

元哉は汗を掻きながら説明した。

だが、亜澄は聞いているのか聞いていないのかわからないような態度でいる。

「公務員は兼業禁止でしょうが」

尖った声で亜澄は言った。

「あのな。ギャラはもらってないんだよ」

必死で元哉は弁解した。

「どうだか」

亜澄はそっぽを向いた。

「本当だよ。俺はだまされたんだよ」

元哉はつばを飛ばした。

「だます……滝川沙也香ってどんな女なのよ」

吐き捨てるように亜澄は言った。

「フリーライターだよ。紙媒体にもネットにもいろんなとこに書いているらしい」

横を向いたままの亜澄に、元哉はまじめに答えた。

「だいたい怪しい稼業じゃない。フリーライターなんて」

亜澄は口を歪めて笑った。

「おい、フリーライターのどこが怪しいんだよ」

元哉は亜澄に反駁した。

「だって、現にあんたはだまされてインタビューさせられたんでしょ」

せせら笑うように亜澄は言った。

どこか理屈がおかしい。順序が逆な気がする。

それに、そんなことを言えば、刑事だってハッタリを使うことがある。たとえば、『すべて調べはついているんだ』などと、取調べの相手を追い詰めることがあるが、調べがついているなら自供をとるまでもない。

あれだって、相手をだましていることには変わりがない。

目を光らせて、亜澄は元哉へと向き直った。

「どうやって知り合ったのよ」

尖った声とともに亜澄は訊いた。

「俺がうちの近くのバーのカウンターで飲んでたら、滝川さんが隣に座ってね。カクテルを俺の服にこぼしちゃったんだよ」

思えばほんの些細なきっかけだった。

「いやらしい。わざとこぼしたんじゃないの」

亜澄は薄ら笑いを浮かべた。

なにを言っているんだろう。沙也香にとってなんのメリットもないはずだ。

だいいち沙也香は、そんな女性には見えない。

「そんなことあるはずないだろう」

元哉もムカついてきて、言葉がきつくなった。

「で、あの波多野さんとは、どういう関係なの？」

亜澄はふたたび目を光らせた。

「波多野さんと滝川さんはむかしからの友だちだろ」

二人はとても仲がよい。

その雰囲気は、由比ヶ浜で亜澄も見ているのだから、わかるはずだ。

「違うよ。あんたと英美里ちゃんだっけ……あのかわいいシーグラス作家さんとは、どういう関係かって訊いてんのよ」

粘っこい調子で亜澄は訊いた。

「どういうって……。日曜日に由比ヶ浜で初めて会って、今日、二度目に会っただけだよ」

それだけのことだ。だいいち英美里という女性を、元哉はなにも知らないままだ。

「今日、被害者宅に来たのは、単なる偶然だって言うの？」

突っかかるように亜澄は訊いた。

「あたりまえじゃないか。弔問に来ただけだろう」

亜澄を相手にしない調子で、元哉は言った。

「あんたが若尾邸に聞き込みに行くことを伝えたんじゃないの？」

疑わしげな声で亜澄は訊いた。

冗談ではない。捜査の予定を一般人に告げるはずがない。

元哉は本気で腹を立てた。

「おい、小笠原、おまえ頭大丈夫か？　そんなこと言うはずないだろ。それに、若尾結花さんと波多野さんが知り合いだなんてあの場で知ったんだよ」

元哉は舌を嚙みそうになった。

「へぇ、偶然すぎるね」

皮肉な口調だった。

「だって事実だから、仕方がないだろ」

「刑事が来るんで不安になってようすを見に来たんじゃないの？」

本当に今日の亜澄はいつもの三倍くらい感じが悪い。

それに邪推もいいところで、相手にする気にもなれないので元哉は黙って亜澄を睨んだ。

「で、滝川沙也香とは由比ヶ浜に一緒に来たわけ？」

とつぜん、亜澄は話題を変えた。

「そうだよ。波多野さんが言ってただろ」

「どこから一緒に来たのよ」

亜澄は元哉の目を見据えた。

「どういう意味だよ？」

元哉はぽかんとした声で訊き返した。

言っている意味がわからない。

「どっちのおうちから？」

元哉の目を覗き込むようにして亜澄は訊いた。

一瞬、元哉には意味がわからなかった。

「だから、あんたのうちから？　それとも彼女のうちから？　ご出勤は」

のどの奥で亜澄は笑った。

亜澄の真意を知って、元哉の顔はかーっと熱くなった。

「バカ言うなよ。横浜駅のホームで待ち合わせしたんだよ」

つばを飛ばして元哉は反駁した。

「へぇ、まだ彼女じゃないんだ？」

ニヤニヤしながら亜澄は訊いた。

「あたりまえだろ。ただの友だちだよ」

憤然と元哉は否定した。

「ただの友だちねぇ……じゃ、波多野さんが彼女なの？」

唇を歪めて笑いながら亜澄は訊いた。

「ち、違うよ。さっき言っただろう。彼女とは二回しか会っていないんだっ」

元哉は言葉に力を入れた。

「英美里ちゃんって、天然っぽいとこもあってかわいいもんね」

へらへらと亜澄は笑った。

まぁ、否定はできないが。

「二人とも独身なんでしょ？」

またも亜澄は薄ら笑いを浮かべた。

そもそもそんなことは気になっていなかった。

「聞いてないけど……たぶんそうだろ」

おぼつかなげに元哉は答えた。

「じゃあ、どっちを彼女にしてもいいわけだ」

皮肉っぽく亜澄は言った。

「そんなつもりはないよ」

いささか持て余し気味に元哉は答えた。

「二人とも、なんて言うのかな。平気で、いいとこの奥さまに化けそうな雰囲気だよね」

とつぜん亜澄はわけのわからないことを口にした。

「どういう意味だよ」

「どう言えばいいのかな……それまでさんざん遊んでても、しれっと妻の座に納まっちゃって、わたしは良妻賢母ですって顔しそうな雰囲気があるよね」

悪意と毒に満ちた言葉を亜澄は平気で口にした。

「小笠原、まさか、酒なんか飲んでないよな」

そう疑いたくなるほどの発言の連続だ。

「ばか、仕事中にお酒なんて飲むわけないじゃん」

亜澄は口を尖らせた。

すっかり油断していた。

昨日はなにも言わなかったから、亜澄は沙也香や英美里のことをなんとも思っていないのだと勘違いしていた。

亜澄は沙也香や英美里に対する敵意を内心に抱え込んでいたのだ。

若尾邸で偶然にも英美里と出会ったことで、敵愾心《てきがいしん》が一挙に噴き出したようだ。

「それはそうとして、小笠原の若尾邸での態度は問題だぞ」

元哉にだって言いたいことがある。

「なにが問題だって言うのよ」

食ってかかるように亜澄は言った。

「波多野さんのアリバイなんぞ訊く必要はなかっただろ」

強い口調で元哉は抗議の言葉を口にした。

「なんで?」

とぼけ顔を亜澄は浮かべた。

「波多野さんが犯人なわけないだろ」

強い口調で元哉は言った。

「どうして?」

ふたたび亜澄はとぼけ顔で訊いた。

「だって動機がないじゃないか」

動機の考えられない者を容疑者扱いするなど論外だ。

「そんなのわかんないよ。本当は殺された若尾氏と不倫の関係で、結婚を迫ってたけど、若尾氏に捨てられたから憎しみ余ってってこともあり得るじゃない」

平気な顔で亜澄は言った。

「そんな三文ドラマみたいなことがあるわけないだろ」

亜澄はあきれた声を出した。

「どうしてそう言いきれるのよ。いち早く駆けつけたのは羽仁さんと波多野さんなんだよ」

開き直ったように、亜澄はあまり理屈にならないことを言った。

「そんな女性じゃないことは見てりゃわかるだろっ」

思わず元哉は言葉に力が入った。

「ずいぶんかばうんだね。あの人の見た目がきれいだからって」

あざ笑うように亜澄は言った。

「別にそういうわけじゃないよ」

いくらか元哉の声は弱くなった。

たしかに英美里は魅力的な女性ではあるが……。

「少しでも疑いがあれば、いちおう確認するのが刑事の務めじゃん」

声を高くして、亜澄は自らの正当性を主張した。

亜澄の言うことにも一理あるかもしれない。

英美里を好意的に見るあまり、自分の判断が間違っているのだろうか。

しばし沈黙が漂った。

「一時から、跡部邸に行ってみようと思っている」

宣言するように亜澄は言った。

「いきなりかよ」

元哉は驚きの声を上げた。

跡部邸は訪ねるべきだとは思っていたが……。

「跡部夫人にアポはとってある。あんたがキッチンで若尾の奥さんにヘラヘラしている間に、ちょっと電話して許可をもらった。住所は鎌倉市西御門《にしみかど》一丁目××番地。あんたのスマホにマークした地図を送っとく」

亜澄は断定的に言った。

別に結花にヘラヘラしていたわけではないが、また面倒くさい話になりそうなので黙っていた。

なんだか今日の亜澄は狂犬という感じだ。

「で、これからどうするつもりだ」

まだ一時には間があるし、昼食もとっておきたい。

「門の前で待ち合わせよう」

亜澄はきっぱりと言った。

別々に行動することは大歓迎だった。

「わかった。俺はどこかで飯食ってくる」

元哉ははっきりと承諾の意思を伝えた。

「あんたはそこの海で泳いでできたら」

亜澄は含み笑いを浮かべた。

「は？　なに言ってんだよ」

またも意味がわからない。

「頭冷やして来いって言ってんのよ。じゃあ、一時に跡部邸の門の前で」

テーブル上に千円札を叩きつけるように置いて、亜澄はテーブルを離れた。

そそくさと歩み去る亜澄の背中を、元哉はぼんやりと見送った。

なんというか、亜澄はどうしていつもあんなに感情的になるのだろう。

元哉は長い息を吐いた。

第三章　研鑽の館

1

谷戸《やと》の奥にホトトギスの鳴き声が響き渡っていた。
まわりの家々の庭には色とりどりのアジサイの花が咲き乱れている。
鎌倉らしい雑木林が取り囲んでいる。
緑の香りを運ぶ涼やかな風が初夏を感じさせた。
ここまで長いゆるやかな坂を上ってきた汗がすっと引いてゆく。
午後一時五分前、元哉は西御門の跡部信太郎邸の門前に立っていた。
ずっと下ったところに鎌倉幕府の大倉御所の西門があったことにちなんで、西御門という雅びやかな地名が残っているそうだ。

坂道の途中に《西御門サローネ》というクラシックで洒脱な洋館が建っていた。

亜澄に小馬鹿にされるので調べてみたら、白樺派の作家として知られる里見弴《さとみとん》が大正一五年に建てた家だそうで、現在は個人宅だが開放もしているようだ。

だが、問題は跡部邸である。

「しっかし、今度の屋敷もスゴいなぁ」

元哉は目の前の構造物に圧倒されて、うなり声を漏らした。

大谷石を張りめぐらせた外壁は、重くも軽くも見えない独特なテイストを持っていた。

焦げ茶色の木材で縁取られた美しい窓は建物の明るさを強く感じさせる。

全面銅葺《どうぶ》きの屋根は低く抑えられ、水平方向の基線が強調されていた。

建物にはいままで見てきた豪邸と大きく違う点があった。

背後の森の木々によく溶け込んでいることだ。

すごく立派なのに、威圧感を少しも覚えさせない不思議な邸宅であった。

ただ、跡部信太郎のテーマである『流れ』を彷彿とさせる部分は、元哉には感じられなかった。

亜澄がいたら、「豪邸に驚くな」と文句を言い出すところだが、幸いにも亜澄の姿は、まだ視界に入ってこない。

ようすのおかしい亜澄とは会いたくもないが、仕事ゆえにそんなことは言っていられない。

そう思っているところに、坂道を上がってくる亜澄の姿が近づいてきた。

「ご苦労さん」

元哉はなるべく明るい調子で声を掛けた。

だが、亜澄は元哉をチラリと見ると、返事もせずに玄関ドアに向かった。

窓枠と同じ焦げ茶色に塗られた木製扉の右手にあるドアチャイムの真鍮ボタンを押した。

玄関内でジリジリと古典的なベルの音が鳴った。

この家にはインターホンが設けられていないようだ。

「はぁい。どちらさまですか」

扉の向こう側から声が響いた。

「神奈川県警の者です」

しっかりと亜澄は声を張った。

「お待ちください」

しばらくすると、玄関のドアが内側に開いた。

「ようこそお越しくださいました」

元気よく声を掛けてきたのは、白いロゴTシャツにデニムの若い女性だった。

二〇歳過ぎくらいで丸顔に目が大きい。

「お電話した小笠原です。お電話受けて頂いた方ですか」

亜澄が尋ねると、女性は笑顔いっぱいに答えた。

「はい、あたしです」

「電話でお話ししましたが、跡部信太郎先生の奥さまにお目に掛かりたいのですが」

「お上がりください」

女性は玄関ホールの縁に、ささっと二足のスリッパを置いた。

「失礼しまーす」

「お邪魔します」

元哉たちはそろって上がり框を上がった。

数十年を経たような漆喰壁の玄関だったが、とても軽やかな雰囲気が漂っている。

インテリアはとてもシンプルで、豪華なシャンデリアなどが見られないことが特徴だった。

乳白色のガラスボウルを組み合わせた照明器具が鈍い電球色に光っていた。

「お孫さんかしら」

焦げ茶色の細い板を敷き並べた廊下を歩きながらこの女性はどこか雇い人ではないよ

うな堂々とした雰囲気が合った。

「跡部信太郎は、あたしの叔祖父《おおおじ》なんです」

にこやかに女性は笑った。

「やっぱりご親族なんですね」

納得したように亜澄は言った。

「はい、菜々子《ななこ》といいます。まだ大学生です。掃除なんかをしてバイト料もらっているんです……こちらへどうぞ」

菜々子は廊下の中央あたりのドアを開いてくれた。

元哉たちは室内へと足を踏み入れた。

こうして部屋に招じ入れてくれるのは鎌倉ではあたりまえのようだが、大変に珍しいことだ。

聞き込み先では、たいていは玄関先で追い払われるのだ。

室内は漆喰壁と焦げ茶色の板壁や柱で構成されているシックな空間だった。

照明器具は玄関と同じガラスボウルを単体で使用していて、装飾性をあまり感じさせないものだった。

建物外観や玄関と同じように、重厚さとは正反対で威圧感がない。

「ソファでお待ちください」

菜々子はにこやかに言って去った。

モスグリーンの四角い布張りソファもクラシックで美しかった。

きれいだが、かなりむかしのものだ。戦前くらいのものかもしれない。

元哉たちは言葉通りにソファに座った。

広くとられた窓ガラスのところどころに焦げ茶色の桟が入っているが、庭いっぱいにバラが咲き乱れているのが鮮やかに望める。

しばらく待つと一人の老女が、菜々子に介添えされながら入ってきた。

八〇歳近いだろう。真っ白な髪で色も白い鼻筋の通った顔はきちんと化粧をしている。

アイボリーというか薄金色のブラウスにベージュのカーディガンを羽織っている。

この貫禄はどう安く見積もっても、この家の主である跡部夫人だろう。

女性は覚束ない身体の動きで、元哉たちの向かい側に座った。

元哉と亜澄はさっと立ち上がった。

「はじめまして。神奈川県警の小笠原亜澄と申します」

亜澄ははきはきと名乗った。

「同じく刑事部の吉川元哉です」

元哉もしっかりと頭を下げた。

「お座りになって。ああ、菜々子ちゃん、お茶を……」

老女はちょっと振り返ってやんわりと菜々子に命じた。

「はい、おばさま」

菜々子は元気よく去っていってドアを閉じた。

元哉たちはいっせいに腰を下ろした。

「ようこそお越しくださいました。跡部恵美子《えみこ》でございます。若尾さんのことでお見えになったのですね」

亜澄の目を見つめ恵美子夫人は静かに訊いた。

「おわかりでいらっしゃいますか」

「テレビのニュースで見ました。悲しく恐ろしいことでございますね」

恵美子夫人は眉根を寄せた。

「はい、担当しているわたしたちも若尾先生のお人柄を聞いて残念に思っております」

亜澄はしぜんと品のよい声を出している。

「まさか若尾さんがねぇ」

ため息をつくように恵美子夫人は言った。

「跡部先生のお弟子さんとして、奥さまは若尾さんをよくご存じと伺いました」

「もちろんですわ。主人が活躍している頃は若尾さんにはずいぶん支えて頂きました。

また、若尾さんも主人を慕ってよく尽くしてくれました。この家には八年ほどおりましたでしょうか」

　恵美子夫人は、想い出を辿るような顔つきになった。

「若尾さんはここにお住まいだったのですか」

　亜澄はさらりと訊いた。

「いいえ、それほど広くはございませんから……」

　笑いながら、恵美子夫人はやんわりと手を横に振って言葉を継いだ。

「主人は一九九〇年代の終わりに、この家を買って鎌倉に引っ越して参りました。この家は昭和三年の建物なのですが、かの遠藤新《えんどうあらた》の高弟と呼ばれる建築家が、ある銀行家のために設計したものです」

　恵美子夫人の声はいくらか誇らしげだった。

「遠藤新ですか……」

　ぼんやりと亜澄は繰り返した。

　高名な建築家なのだろうが、元哉はその名を知らなかった。

　亜澄も同じらしい。

「大正期から昭和二〇年代に掛けて活躍した建築家です。フランク・ロイド・ライトに師事し、その思想や哲学、空間設計を我が物として日本の建築に大きな足跡を残しました。重要文化財だけでもライトと共作した自由学園明日館をはじめ、芦屋《あしや》にある旧山邑《やまむら》邸が残ります。登録有形文化財となると、旧甲子園ホテルをはじめかなりの数に上ります。かつてはライトの使徒と呼ばれ、自分の個性がないように言われていたのですが、近年は再評価の動きが進んでいます」

嬉しそうに恵美子夫人は説明した。

菜々子が鎌倉彫の盆に、きらびやかな赤絵の湯飲み茶碗の緑茶を載せてきてソファテーブルに置いていった。

元哉と亜澄は礼を言って緑茶に口をつけた。

玉露茶のように甘く、緑の発色が美しいお茶だった。

「遠藤新の師匠というフランク・ロイド・ライトはどんな建築家なんですか」

まじめな顔で亜澄は尋ねた。

ライトの名前は元哉は聞いたことがあったが、詳しいことはもちろん知らない。

「ル・コルビュジエ、ミース・ファン・デル・ローエと並んで『近代建築の三大巨匠』と呼ばれるアメリカ合衆国の世界的建築家です。数々の名建築を残しましたが、世界遺産に登録されているロビー邸やユニティ・テンプル、バーンズドール邸、弟子たちとともに建設した設計工房や共同生活のための建築群であるタリアセン、あるいは落水荘の別名を持つカウフマン邸が有名です。我が国では旧帝国ホテルのライト館……いまでは明治村に玄関部分が移築されて残っているだけだけど」

恵美子夫人はすらすらと説明した。

高名な建築家の夫人であっただけに建築家の仕事には詳しいようだ。

「すみません、帝国ホテルのライト館もよく知らなくて……」

亜澄は肩をすぼめたが、元哉もよく知らない。

「あら……。なにを言えばわかるかな……そうだ。あの中央大学出のハンサムな男……そう、阿部寛《あべひろし》さんが偏屈な建築家になっていたドラマがあるでしょ」

おもしろそうに恵美子夫人は訊いた。

「『結婚できない男』ですか！」

亜澄は明るい声で叫んだ。

恵美子夫人の顔がパッと明るくなった。

「そうそうそのドラマですよ。あの偏屈男の部屋で輝いていたスタンド照明があったでしょ」

笑顔で恵美子夫人は亜澄の顔を見た。

「覚えています。なんか木製の箱を組み合わせてスタンドにいくつも取りつけたかたちで、いくつもの電球が光っていましたね」

弾む声で亜澄は言った。

「それよ、それ。あれはさっき言ったタリアセンにあった劇場の照明器具として設計されたんです。その名も『タリアセン』って言うんだけど、あれはフランク・ロイド・ライトが設計したものなのよ。続編でも同じように光っていたわね」

恵美子夫人の声が朗らかに響いた。

「ちょっと変わったデザインでしたね」

「今世紀になっても多くのデザイナーがオマージュ作品を作っているほど有名な作品ね。いまでも、復刻品をライト財団からきちんとライセンスをとって作っている会社があるのよ。主人も気に入って二階の書斎に置いてあるんですよ」

嬉しそうに恵美子夫人は答えた。

あの個性的な照明器具は元哉も覚えている。

なるほど、あの照明器具はライトの設計であったのか。

簡単にいうと、エラそうじゃないのだ。どこか軽妙洒脱な雰囲気がある。

「遠藤新も照明器具をデザインしました。登録有形文化財に指定されてる葉山の旧加地邸なんかはそんな器具が使われています。この家の照明器具も遠藤新の設計なんじゃないかって主人は言っていました」

恵美子夫人は壁の照明器具を見つめながら言った。

乳白色の球形のガラスを組み合わせた照明はオリジナルだったのか。

「すぐれた建築家は照明も設計するのですね」

驚いたように亜澄は言った。

「照明だけじゃないわ。あなた北欧デザインって好き？」

とつぜん恵美子夫人は奇妙なことを訊いた。

「ええ、シンプルで美しいデザインが多いので大好きです。アパートにはカーテンとかマットとか北欧デザインのものを取り入れてます」

亜澄はにこっと笑った。

「北欧のデザインが世界的に有名になったのは、フィン・ユールというデンマークの建築家の影響が大きいのよ」

「そうなんですか」

「フィン・ユールは一九五〇年代の初頭にニューヨークの国連信託統治理事会会議場を設計しました。この際にチェアやライト、壁板まで空間をぜんぶ手がけたのね。なかでも会議場の壁に際立った存在感を放つ時計が飾られていました。この木製の大時計は復刻されて販売されています。とてもシンプルで美しい時計なので購入しようかと考えているのよ。フィン・ユールのインテリアセンスはいまもデンマークのオードロップゴー美術館に再現されている『フィン・ユール邸　内観』で見ることができます」

恵美子夫人はにっこり笑った。

おもしろいエピソードが続くが、話が逸れすぎてしまった。

「跡部先生は、こちらのお屋敷でお仕事なさっていたのですよね」

亜澄は話題を戻した。

「そうです。ここを購入したのが、一九九九年だったかしら。そのときに仕事場も作って、鎌倉での仕事を始めました。それまでは住まいは世田谷にあったし、事務所は西新宿にあったんですよ。ですけど、主人はここで仕事することが気に入ってしまって、都心に戻る気がなくなってしまったんです。ね、いまホトトギスがしきりと鳴いておりましょう」

恵美子夫人は亜澄の目を見て言った。

「はい、初夏らしい響きですね」

亜澄は耳に掌を当てた。

いまもホトトギスはしきりと鳴いている。

「あんな声や、夏の夕刻のヒグラシや、降った雨が谷戸の丘を下ってゆく音、風が木の葉を震わす音……そういったものがなければいい家は設計できないと言っておりました。四季の音や香りのなかに家というものはあるのだと言って……それで西新宿の事務所は総務とか営業の者に任せるようになりました。つまり設計アトリエだけをここに分離したのです」

恵美子夫人は静かな声で語った。

「『流れ』の思想のなかに仕事場を持とうとされたのですね」

亜澄ははっきりとした声で言った。

「おほほほ、あれは主人がマスコミや弟子向けに、自分の考えを整理した言葉なんですよ」

掌を口もとに当てて恵美子夫人は品よく笑った。

「そうなんですか」

亜澄は言葉を失った。

「建築技術はいくらでも言葉にできる。でも、建築思想はそう簡単に言葉にできるものではない。自分の建築物を見てもらうのがいちばんだ。という趣旨のことを言っていました。話そうと思ったら、ひと晩かかると笑っていました。本音では、建築思想を端的な言葉にはしたくなかったのだと思います。なにせこれという師を持たなかった主人はたくさんの建築家の影響を受けていますので……」

恵美子夫人はおだやかに言った。

「跡部先生はご自分で設計なさったお屋敷にはお住まいにならなかったのですね」

亜澄は不思議そうな声で訊いた。

たしかに世界的な建築家なのだから、自分が設計した家に住めばよさそうだ。

「そこが主人らしいところなんです。『建築家は過去に自分が設計した家に満足していては駄目だ』と言っておりました。自己満足に陥ることを危惧していたのです。だから、主人は自分で設計した家などに住む気はなかったのです。設計した建造物の写真や賞状なども飾りませんでした」

笑みをたたえて恵美子夫人は言った。

「本当にどこにも建物の写真は飾ってないですね。賞状もないです」

亜澄はあたりを見まわした。

実は元哉も気づいていた。

表彰盾がずらりと並んでいた若尾邸とは対称的だ。

「そうなの。主人は『生生流転』という言葉が大好きでした。『過去の仕事を振り返ることは自ずと怠惰を招く。夜が明けたら、その日の朝から新しい一日が始まる。新しい一日には新しい思考が、新たなアイディアが生み出せなければならない』などと言っていました。でも、名建築であるこの古い家には気づかされることが多いと言って、いたく気に入っておりましたのよ。古い家だけに壊れるところが出てくるから追っかけて修理するのも大変なんですけど」

恵美子夫人は静かに笑った。

「羽仁直人さんはブルーノ・タウトが跡部先生に与えた影響について語っていました」

亜澄の言葉に恵美子夫人は大きくうなずいた。

「もちろん、思想的な意味では影響を受けていたとは思います。ですが、フランク・ロイド・ライトのプレイリースタイルにも確実に影響を受けていましたね。それまでのシカゴの住居によく作られていた屋根裏や地下室などを廃止して建物の高さを抑えて水平方向のデザインを強調し、また、各部屋に完全な仕切りを設けることをやめて建物全体にゆるやかなつながりを持たせるような設計方法です。この家もその系譜につながるので愛していたとも言えます」

室内を眺めながら、恵美子夫人は言った。

「羽仁さんは跡部先生の哲学は『流れ』だとおっしゃっていました」

亜澄は繰り返した。

「たしかにマスコミに語ったように、そういう言葉は当てはまるかもしれません。ライトがペンシルベニア州に設計した落水荘などは、ベアラン川にある滝の上に建てられていて、まさに自然との融合を図っています。これは国宝になっている西本願寺の飛雲閣の影響が強いともされています。ライトが日本建築の影響を強く受けて、建物と自然の融合を図っていたことは間違いありません。主人と考え方の基本がよく似ています。主人は『生生流転』という言葉を物事を見る上での基本にしていました。その意味では『流れ』は跡部信太郎のすべての思想の根本にあるものだとは言えます」

いくらか厳しい顔で恵美子夫人は言った。

「それで西御門の谷戸の奥の土地を仕事場としてお選びになったのですね」

亜澄は念を押すように訊いた。

「はい、そればかりか、庭のなかにアトリエを建てて、アシスタントの建築士と建築士希望者の従業員たちと一緒に働いていたのです。鎌倉へ来てからのことなので、だいたい二〇〇〇年頃からです。いまは半分倉庫代わりに使っている建物がかつての跡部事務所のアトリエです」

恵美子夫人は窓へと視線を移した。

この場所からははっきりとは見えないが、アイボリーの壁に深緑の瓦葺きの四角い平屋の建物がある。

「そこで若尾さんは働いていたのですね」

はっきりとした発声で亜澄は尋ねた。

「そうです。鎌倉で働いた建築士の第一号が若尾さんです。ほかにも若い人が何人もいました。ぜんぶで五人でしたね」

笑みを浮かべて恵美子夫人は答えた。

「もしかすると『跡部五人衆』ですか」

恵美子夫人の目を見つめて亜澄は訊いた。

「よくご存じね」

にっこり笑って恵美子夫人は言った。

「はい、羽仁さんから伺いました」

亜澄は間髪を容れずに答えた。

「いちばん優秀な人たちが集まった時期だから、いつの間にかほかのスタッフや取引先の人が五人のスタッフにそんなあだ名をつけたのよ。一所懸命働いてくれたし、どんどん成長して独立していきましたけど」

張りのある声で恵美子夫人は言った。

「若尾さん、田中さん、羽仁さん、小寺さん、榎本さんの五人ですね」

亜澄の言葉に恵美子夫人は大きくうなずいた。

「そうそう、みんないい子だったわ。七、八年勤めて、順々に一級建築士として独立してったけど」

恵美子夫人は顔をほころばせた。

「皆さん、ここに住んでいたわけじゃないんですね」

亜澄は念を押すように言った。

「ええ、住まいは別にあって、朝ここに出勤してきて夕刻には家に戻るんです。忙しいときには、泊まり込むこともあったけど。そんなときはわたしもさんざん夕食や夜食を運びました。カレーを一鍋作ったり、おにぎりをたくさんこさえたりしましてね」

「あら、素敵」

「皆さん、うちに入ったときには新卒でしたから、全員が独身で、鎌倉市内……それも割合近いところの同じアパートに住んでいたんですよ。《西御門ハイツ》なんて名前はたいそうですが、戦後すぐに建てられたおんぼろアパートでねぇ。わたしも若かったので、皆さんが休みの日などはときどき差し入れを持っていきましたけど、ちょっとした風でもアパートの窓枠がかたかたと揺れてねぇ。いまは小ぎれいな一戸建ての住宅に変わってしまいましたがね」

なつかしそうに恵美子夫人は説明した。

当時、五人衆はだいたい二〇代、恵美子夫人は五〇代後半から六〇代前半という計算になる。

五人衆のお母さん代わりという雰囲気だったのだろうか。

「いつ頃までそんな態勢だったのでしょうか」

亜澄の問いに、恵美子夫人は指を折って数え始めた。

「主人は七九歳で引退しましたので、一三年前までですね。二〇一〇年の秋です。若尾さんがうちに入ったのが二〇〇〇年、最後に小寺さんがやめたのが主人の引退と同時でした。あの五人がいたのは一〇年間ということになるのね。でも、若尾さんは結婚して奥さんと扇ガ谷に家を借りたから早くアパートを出ていきましたね。うちをやめたのはもっと後だけど。五人が一緒に働いてたのは、五年間くらいですね」

恵美子夫人は自信を持って答えた。

「仲がよかった五人衆なんでしょうね」

畳みかけるように亜澄は訊いた。

「そりゃあもう。なんて言うか、大学生の寮みたいに和気あいあいとしていましたよ」

楽しそうな恵美子夫人の声だった。

「対立していたような人はいませんでしたか」

亜澄は目を光らせた。

「同じ建築家の卵たちですからね、ときにはそんなこともあったと思いますよ。でも、わたしが知る限りでは本格的に仲違いをしていたような人たちはいなかったと思います」

「皆さん、個性的な方ばかりだったんでしょうね」

「はい、ふつうの若者とはちょっと違っていたかもしれませんね」

「奥さまから見て、五人の個性はどんなでしたか」

亜澄はにこやかに訊いた。

「そうねぇ……」

ちょっとの間、恵美子夫人は考えていた。

「若尾さんは冷静なタイプでみんなのお兄さん役。ちょっとしたもめ事にも調整役に入るような方でした。田中さんは脇目も振らずに仕事をしていました。ほかの人たちが飲み始めてもドラフターって製図台から離れないような人でしたね。羽仁さんは明るくて愉快な人でお調子者でしたね。跡部のモノマネとかこっそりやるの……わたしも笑わせてもらいました。榎本さんは社交的でどんな人ともすぐ仲よくなるので、たまにうちにやってくる営業の人なんかには人気がありました。小寺さんは引っ込み思案というか口数が少なくてまじめな人でした。一番気になっていましたね。でも、無事に一級建築士免許を取って独立しました」

口もとに笑みを浮かべて、恵美子夫人は答えた。

「とくに問題のある人はいなかったのですね」

亜澄はまたも念を押した。

「いないですね。個性はあるけど、常識人ばかりでした」

はっきりと恵美子夫人は断言した。

「跡部先生が引退してから、五人衆は訪ねてきましたか」

亜澄は質問を変えた。

「そうねぇ、羽仁さんと榎本さんは毎年、跡部の命日には見えていました。若尾さんは気が向いたときにふらりとお越しになってましたね。小寺さんはあまり見えず、五年前のお葬式に見えたのが最後です。それからは顔を出していないですね。逆にしばらく顔を出さなかったのに、田中さんは主人が亡くなってからはときどき訪ねてくれますね。きっとわたしが一人で淋しいだろうと思ってきてくださったのでしょう。冷静な人ですけど、やさしいところもあるのですよ……」

恵美子夫人はかすかに微笑を浮かべた。

結花は田中と小寺が六年ほど訪ねてこないと言っていた。

どちらにしても羽仁や榎本は社交的なようだ。

「ほかに奥さまが五人衆、とくに若尾さんのことで気づいたことはありませんか」

亜澄は最後の質問に入ったようだ。

恵美子夫人はしばらく天井へ視線をやって考えていた。

「いえ、とくにありません」

きっぱりとした声が響いた。

「お忙しいところありがとうございました」

亜澄は深々と頭を下げた。

「とにかく若尾さんがこんなことになるなんて、いまでも信じられません。小笠原さんたちのお力できっと犯人を捕まえてくださいね」

恵美子夫人は真剣な顔つきで言った。

「神奈川県警は懸命に犯人を捜しています。わたしたちも力の限り頑張ります。犯人を捕まえたら、お知らせしますね」

亜澄は頼もしい声を出した。

元哉たちは跡部邸を辞去した。

2

跡部邸から鎌倉駅に出た元哉と亜澄は、横浜高速鉄道みなとみらい線の新高島《しんたかしま》駅にたどり着いた。

初夏の日ざしが光るなか、元哉たちは田中正行が経営する《タナカアトリエ》を訪れていたのだ。

広く明るくさっぱりとしたモダンな事務所であった。

天井にはシンプルな直管の蛍光灯がずらりと並んでいて室内は明るかった。もちろんLED照明だろう。

設計ブースではドラフターが並び、何人かのスタッフが製図に向かって黙々と仕事をしていた。

壁際は一面にホワイトオーク色の書棚となっていて、分厚い色とりどりの冊子が並んでいる。

背表紙を見ると、インテリア素材等、さまざまな建築部材のカタログのようだ。

ほかには法規集やさまざまな建築写真集が見える。

反対側の壁にはいくつものファイリングキャビネットがずらりと並んでいる。

部屋の隅にはモンステラやパキラの大きな鉢が置かれて部屋全体に潤いを与えている。

元哉が感ずる典型的な建築事務所の雰囲気を持っていた。

メインルームとはガラスを隔てた接客スペースで元哉と亜澄は田中正行に面と向かって座っていた。

ライトブルーのファブリックが張られたデザイナーズっぽいソファだった。

目の前には大きな白い天板のテーブルが置かれている。

おそらくは製図や写真などをひろげてクライアントとの打合せに使うためなのだろう。

テーブルの上にはスタッフが持ってきてくれた紙コップが湯気を立てていた。

田中は四四歳と聞いていたが、年齢よりもいくらか上に見える。

老けているというわけではなく、落ち着いた貫禄を持っている。

あごがいくらか尖った顔に高い鼻が特徴的だ。

両目は鋭く光って、クールで頭脳明晰という印象を受ける。

きちんと整えた黒い髪の下で、シルバーフレームの眼鏡が光っていた。

元哉たちと田中はあいさつの後に名刺交換をすませた。

「大変、申し訳ないですが、中華街で人と会う約束になっています。三〇分ほどしかお話しできませんが、よろしくお願いします」

ていねいな口調で田中は口を開いた。

「お忙しいところお時間を頂戴しありがとうございます」

亜澄はしっかりと頭を下げた。

「いえ……ほかならぬ若尾さんのことですので」

平らかな口調で田中は答えた。

「お悲しみのことと拝察いたします」

「気の毒なことをしました。古い友人でしたので……」

田中は静かに目を伏せた。

「先生は跡部信太郎先生の事務所で若尾先生たちとともに『跡部五人衆』と呼ばれていたそうですね」

明るい声で亜澄は言った。

「無責任な連中が言っていたことでしょう。わたしは跡部事務所ではみんなに追いつき追い越そうと必死でした」

淡々と田中は答えた。

「跡部先生の奥さまは『田中さんは脇目も振らずに仕事をしていました。ほかの人たちが飲み始めてもドラフターから離れないような人でしたね』とおっしゃっていました」

にこやかに亜澄は続けた。

「そうですか、奥さまはそんなことをおっしゃっていましたか」

初めて笑みを浮かべて、田中は言葉を継いだ。

「奥さまには大変にお世話になりました。感謝の気持ちを忘れたことはありません。必死で働いていたのは、わたしはあの事務所ではコンプレックスの塊だったからですよ」

「そうなんですか」

亜澄は目を丸くした。

「はい、跡部事務所は伝統的に美大系の人間が多いんですよ。若尾さんと羽仁さんは武蔵美だし、榎本さんは跡部先生と同じ東京藝大です。わたしは東京大学工学部建築学科の出身です」

気負いなく田中は言った。

「エリートじゃないですかぁ」

いくらか身をそらして亜澄は言った。

「それがね……あの事務所では劣等生だったんですよ」

その表情は謙遜とはほど遠い苦いものだった。

「えっ……」

二の句が継げないという亜澄の顔つきだった。

「跡部事務所は意匠設計が得意でした。意匠設計とは建築構造物を美しく設計する仕事です」

田中はふたたび淡々と続けた。

「つまりデザインですね……」

亜澄の言葉にかるくうなずいて田中は続けた。

「建築設計には意匠設計、構造設計、設備設計という三つの分野があります。構造設計は建物の土台と骨組みをあらゆる荷重に耐え得るような安全性能を満たして、ある程度の経済性を担保しながら構造設計図を作成することです。また、設備設計とは建物が十全に機能するために必要な電気、空調、給排水設備などを計画して設計します。もちろん一級建築士はそのいずれにも必要な能力を持っていますが、得意不得意があります。また、間取など三分野をまたぐような内容も出てきます。ところで、意匠設計には高度な数学は必要がありません」

うっすらと田中は笑った。

「え……そうなんですか」

亜澄はもう一度目を丸くした。

元哉も意外に思った。

だが、考えてみれば、建築学科は東京大学工学部や早稲田大学創造理工学部などの理工系の学校と、東京藝術大学、武蔵野美術大学や多摩美術大学といった美術系の学校に設置されている。

つまり二つの分野のクロスオーバーの世界なのだろう。

「微積分などはなくても意匠設計はできます。その代わりに美術的能力と言うか、高度なデザインセンスが必要とされます」

難しい顔で田中は言った。

「なるほど」

亜澄は大きくうなずいた。

「一方でどんなに素敵なデザインでも、屋根が傾くような建物に住むことはできないですよね。輝くホールに供給される電力が不足したら、使い物になりません」

田中は面白そうに言った。

「三分野のどれに対しても専門的知識が必要とされるのですね」

「ええ。大手の建設会社などは三分野それぞれに強い建築士を別に置いて協働させていることもありますが、うちのような個人事務所の場合にはそうもいきません」

わずかに顔をしかめて、田中は言った。

「どの分野が苦手とか言ってられないわけですね」

「その通りです。本来、建築士は得手不得手を言ってはいけないのです。ところで、わたしは意匠設計に苦手意識がありました。もともと数学が好きな人間だったので、構造設計を学ぶ上での不安はありませんでした。設備設計もなんとかなりそうでした。ですが、意匠設計は……はっきり言って不安でした」

田中は口を尖らせた。

「田中先生はどうして建築家を目指したのですか」

取りなすように亜澄は訊いた。

「わたしは数学が好きで東大を目指しました。理科一類に合格した夏休みのことです。その頃はあまりはっきりした進路は考えておらず、メーカーの研究員にでもなれたらいいなぁといった程度の希望でした。ところが神戸近辺を旅行したときに、芦屋で旧山邑邸に出会ってしまったのです」

田中は声を高めた。

「フランク・ロイド・ライトの設計した邸宅ですね。たしか重要文化財でしたね……」

おぼつかなげに亜澄は言った。

この邸宅の名は恵美子夫人が口にしていた。

「そうです、そうです。いまはヨドコウ迎賓館となっていますが、一般公開しています。

それで、わたしはあの邸宅の美しさに一目惚れしてしまったのです。大谷石のテクスチャーを活かした幾何学的な装飾の建物全体の端整な魅力、建物全体を眺めて到達するエントランス、迷路状の流れるような動線、客間の完璧なインテリア。さらに、建物各所の開口部から遠望する芦屋市街と大阪湾……。わたしはライトという建築家に憧れました。それで自分もあんな端整な邸宅を設計できたら……との思いから建築学科へと進んだのです」

田中の頰はうっすらと紅潮している。

この部屋に入ったときとは比べものにならない。

「よくわかりました。ありがとうございます」

亜澄が礼を言うと、田中はかるく微笑んで先を続けた。

「ところが、卒業後の進路で悩むことになりました。東大の建築学科は七割くらいの学部生が修士課程に進みます。わたしは家が豊かではなかったので大学院への進学はあきらめざるを得ませんでした。構造設計が得意で意匠設計が苦手ならハウスメーカーで同じような家の設計をするか、いっそ大手建材メーカーを目指して堅実な建材の設計をするような仕事を選ぶべきでしょう。実はその頃、同じ東大生でつきあっている女性がいました。その女性に建築事務所への就職を希望していると言ったら、『あなたにはそんなセンスはないから、大手のハウスメーカーに就職したほうがいい』とまじめに言われましてね。そこで、腹が立つと同時に奮起しました。意匠設計を得意とする建築事務所を訪ね始めたのです」

田中は話の内容とは裏腹に力強い声で言った。

元哉ならかなり落ち込むだろう。田中は強い意志力を持った人間に違いない。

「それで跡部先生の事務所に就職なさったのですね」

納得したように亜澄は相づちを打った。

「はい、幸運なことに採用して頂けました。簡単な構造設計のテストの結果がよかったようです。跡部先生ご自身はプリツカー賞を受賞されているくらいですから、どの分野にもお詳しかったし、素晴らしいお力をお持ちだったのですが、やはり意匠設計に力を入れていました。わたしは、自分の不得手にも拘わらず意匠設計のエキスパートになりたいという気持ちが強かったのです。その頃、鎌倉の跡部事務所には若尾さんが二年先輩として勤めていました。彼は構造設計は苦手としていて、意匠設計にすぐれた力を発揮していました。本当にかっこいい家を設計してましたよ」

さらっと田中は言った。

「若尾先生は構造設計が苦手だったのですか」

田中の顔を見ながら、亜澄は訊いた。

「苦手と言っても、能力的な意味ではありません。彼は三分野ともにすぐれた力を持っていました。若尾さんは数年のうちに自分の設計思想を編み出そうと必死で仕事をしていました。一流の建築家を目指していたのですね。だから、目立たない構造設計への熱意には欠けていたのです」

表情を変えずに、田中はきわどいことを口にした。

「若尾先生の奥さまから若尾先生の『風』というテーマについて伺いました」

亜澄の言葉に、田中はあいまいな顔でうなずいた。

「まだ、一級建築士試験を受けている頃ですから、もちろん若尾さんのテーマなどは決まっていませんでした。ですが、『風』も頭の中にはあったと思います。『人生は風の中を歩き続けるようなものだ。さわやかな風を歓迎し、荒れている風から人を守るような家を設計したい』……さすがだよな、賞を獲るような人間はうまいことを言うもんだ」

皮肉っぽい顔で田中は笑って言葉を継いだ。

「こんなことはあまり言いたくないんですが……」

「どうしたんですか？」

亜澄の顔に期待感がにじみ出た。

「最初のうちは人当たりのいい方だったんですけど、若尾さんはそのうちわたしやほかの仲間を見下すような態度を取り始めたんですよ」

田中は亜澄の顔を見つめた。

「詳しく教えてください」

　身を乗り出して亜澄は訊いた。

「具体的に言うと、こちらからの質問に生返事で答えたり、無視したりね。あるいは忙しいときにちょっとした仕事を頼んでも薄ら笑いを浮かべて断ったりしてね。ちょうど若尾さんが設計した横浜の《シーエアホテル》などの業績で、日本建築家連盟賞を獲った頃からでしょうか。その後、彼はすぐに跡部事務所をやめて独立してしまったんですがね」

　田中は眉をひそめた。

　羽仁から聞いていた話とは、若尾の人柄はかなり異なる。

　いったいどちらが真実に近いのか。

「でも、若尾先生が七里ヶ浜に引っ越したときは、田中先生もお出かけになったんですよね」

　亜澄は田中の目を見つめて訊いた。

「ほかの人からなかば強引に誘われて仕方なく行ったんですよ。羽仁さん、小寺、榎本の三人。かつての同僚たちです。若尾さんは相変わらずの態度だったんで、おもしろくなくて、わたしは酒ばかり飲んでましたよ。すっかり酔っ払ってしまいましたね」

　田中はのどの奥で笑った。

「大変に失礼なことを伺います。田中先生は土曜日の夜はなにをなさっていましたか」

しっかりと田中の目を見つめて亜澄は訊いた。

「ははぁ、いわゆるアリバイの確認ですね。若尾さんが殺されたときの不在証明ですか」

おもしろそうに田中は答えた。

「あの……関係者の皆さまにはいちおう全員に伺っておりますんで……」

亜澄は決まり文句を口にした。

まぁ、田中に訊くのは妥当だろう。関係者と言えないような波多野英美里にまで確認しているのだ。

「土曜の夜は、新宿の《ナビスタホテル》で友人たちとちょっとしたパーティーをやってて、そのホテルのバーで一時近くまで飲んでたんですよ。タクシーを呼んでもらって辻堂《つじどう》の自宅に戻ったのが二時過ぎでしたね。友人たちや《ナビスタホテル》の従業員に訊いてもらえば、すぐわかります。まずはホテルの人たちに確認してください」

きっぱりと田中は言い切った。

新宿から辻堂までタクシーで帰ると、三万円くらいかかるだろう。

元哉には考えられない金銭感覚だったが、必要経費として税控除の対象になるのかもしれない。

「どうもすみません。これが刑事の仕事なんで」

亜澄は肩をすぼめるそぶりを見せた。

「わたしは最近つきあいを断っていました。若尾さんとの関わりは薄いわけです。殺したいほどの恨みがあるはずがないですよ」

顔をしかめて田中は言った。

たしかにそういう理屈も成立する。

ほかに、二、三のちいさな質問を続けて、元哉と亜澄は席を立った。


真新しいビルが林立するみなとみらい大通りの歩道を歩きながら、亜澄が難しい顔で訊いてきた。

「どう思う？」

「田中建築士か……神経質そうな男だな」

「さすが東大って言うか、秀才っぽいタイプだね」

「表情をずっと観察していたけど、大きなウソをついているようには見えなかったな」

これは元哉の本音だった。

「若尾さんの性格について、羽仁さんと言うことがまるっきり違ってたね」

考え深げに亜澄は言った。

「うん、だが、誰かに対する印象ってのは人によって異なるからな。田中は若尾に強いライバル意識を持っていたようだから、若尾に対してはシビアになるんじゃないかな」

「小寺さんや榎本さんの意見も聞いてみないとね」

「そうだな。ところでこの後、どこに行く？」

元哉は亜澄の顔を見ながら訊いた。

徐々に機嫌が直ってきたのか、午後に入っての亜澄はふだんの姿を取り戻している。

捜査に専念しているうちにおかしな感情が消えていってているなら幸いなのだが……。

また吠え出さないことを、元哉は切に願った。

「小寺さんにアポ取れてる。この後、まっすぐ鎌倉に向かうよ」

見下したように人と接するのは、この亜澄も同じことだ。

内心で元哉は笑いをかみ殺した。

「承知しました。部長」

元哉はふざけて挙手の礼を送った。

「いいから、行くよ」

亜澄は言葉少なく新高島の駅に向かって早足で歩き始めた。

あたりのビル群から強い風が吹き下ろしてきた。

3

二人は鎌倉市手広《てびろ》六丁目の八反目《はためた》バス停で、江ノ電バスを降りた。

あたりは住宅地のなかにところどころ畑が残る郊外だった。

「ね、スマホのマップだとあの建物なんだけど……」

亜澄は畑の向こうの建物とマップを見比べている。

「まさか……だって設計事務所だぜ。あれは単なる住宅じゃないか……しかも……」

オンボロの、という言葉を元哉は呑み込んだ。

葱坊主がずらっと並んでいる奥に一軒だけぽつんと建っている平屋建だ。

屋根は赤っぽいトタン葺きで、壁は木目調のこれまたトタンの壁だった。

かなり古びている。はっきりとはわからないが、昭和四〇年代くらいに建てられた借家のように見受けられた。

元哉が子どもの頃には、平塚市郊外の田園地帯でこうした家を見かけることが多かった。

だが、いまではほとんどが小ぎれいなアパートや低層マンションに建て替わっている。

こうした家は、湘南地方ではほとんど見られなくなった。

いや、日本全国から消えつつある存在だろう。

すでに半世紀は経過しているような家がほとんどだからだ。

跡部邸はもちろん、若尾の七里ヶ浜の自宅も、みなとみらいの田中の事務所も金持ちの住居や仕事場だった。だが、ここは……。

疑いつつも、元哉たちはその建物に歩み寄っていった。

スチールの赤い郵便ポストがわびしく取りつけられ、その名札入れに小寺隆則の名が書かれていた。

隣の壁にちいさな《小寺設計事務所》という看板が取りつけられている。

白い板に黒いペンキで書いた文字はどこか投げやりだった。

間違いない。目的地だ。

さすがに玄関は枠ごと新しいスチール製に替えられていた。

ドア脇のインターホンの赤いボタンを亜澄は押した。

「どちらさまですか？」

甲高い男の声がインターホンから聞こえた。

「お電話した神奈川県警の者ですが」

亜澄が答えると、すぐに玄関のドアが内側から開いた。

現れたのは、髪の短い小柄な男性だった。

見たところ四一歳という年齢相応だろう。

こざっぱりとした紺白ボーダーのシャツにストレートデニムを穿いている。

「小寺です」

丸顔の男は低い声であいさつした。

「鎌倉署の小笠原です」

亜澄は明るい声を出した。

「あの……まぁどうぞ、お入りください」

目を瞬きながら小寺は、元哉たちを建物内に招じ入れた。

小寺に通されたのは、半分くらいをテーブルが占める六畳くらいのちいさな部屋で、奥にドラフターが置いてあり、資料の並んでいる本棚も見えた。

「ここが仕事場で、奥が住まいになります」

冴えない声で小寺は言葉を継いだ。

「汚くしていてすみません。あの……ここにはクライアントを呼ばないことにしているんです。打合せは、住宅プロデュース会社かホテルの喫茶室とかを使っていますので……」

それはそうだろう。建物設計を頼む顧客がここに通されたら、どんな人間でも逃げ出したくなるに違いない。

「あらためまして、鎌倉署刑事課の小笠原亜澄です」

亜澄は元気よくあいさつした。

「刑事部の吉川です」

元哉も続けて名乗った。

「建築士の小寺です」

小寺はぽつりと言った。

「ええと、わたしたちは日曜日の朝に、材木座海岸で遺体で発見された若尾昌史さんの事件を捜査しています」

亜澄は慎重な言葉遣いで質問に入った。

「そのお話だと思っていました。僕はなにを話せばよいのでしょうか」

いくらかとまどったようすで小寺は言った。

「小寺先生は跡部信太郎事務所のご出身で『跡部五人衆』のお一人だと伺いましたが……」

亜澄の言葉を小寺は手を振って押しとどめた。

「その先生って言うのやめてもらえませんか」

「はぁ……」

亜澄は返事に窮しているようだ。

「不動産鑑定士、土地家屋調査士、測量士など、資格士業の人間は一律に先生って呼ばれているようですが、あれってどうなんでしょうね。少なくとも僕は先生と呼ばれるような人間じゃあないんですよ」

小寺はあいまいに笑って言葉を継いだ。

「すみません、小笠原さんの質問に答えていませんね。そうです。『跡部五人衆』の一人であることは事実です。あんなのは誰かが適当に呼び始めたもんですよ」

小寺は顔をしかめた。

「小寺さんは亡くなった若尾さんとはお親しかったのですよね」

亜澄は問いを進めた。

「はい、いろいろと教えて頂いた大先輩です。感謝していますよ」

やわらかな顔で小寺は言った。

「小寺さんは最近、皆さまとはあまりおつきあいがなく、若尾さんのお宅にも跡部先生のお宅にもお顔を見せていないようですが」

平らかな声で亜澄は訊いた。

「ええ、あの頃の皆さんとはあまりつきあいをしていません」

小寺は淡々と答えた。

「なにか理由があるのですか」

亜澄は小寺の顔を覗き込むようにして訊いた。

「恥ずかしいことを言わせないでください。僕はみんなと違ってうまくいっていませんからね。こんな建築事務所を開いているんですよ。若尾さんや成功している皆に会うのは気が引けますよ。あの西御門ですごした青春の日々で、僕にとって彼らは間違いなくライバルであり、よき友であったのですから。そんな輝ける時代の仲間たちに、いまの姿を見せるつらさを想像してみてください」

うっすらと顔を赤くして小寺は答えた。

亜澄が次の質問を考えている間に、小寺が口を開いた。

「僕は二〇一〇年に独立したんですが、時期も悪かった。いわゆるリーマンショックが二〇〇八年の九月ですからね。景気は低迷していましたよ」

小寺は口を尖らせた。

「皆さん、何年頃に独立されたんですか」

話の接ぎ穂が見つかったように亜澄は訊いた。

「そうですね、若尾さんが二〇〇八年、羽仁さん、榎本さんが二〇〇九年……たしか、そんな感じだったかと思います」

「すると、リーマンショックの影響は他の方も受けているわけですよね」

亜澄の問いに、小寺は眉根を寄せた。

「そうですね、でもね、僕は独立する気はなかったんですよ。だけど、跡部先生がご勇退なさって跡部事務所をお閉めになるというので……まぁ、こう言っちゃなんですけど、仕方なく独立したんです」

またも顔を赤くして小寺は答えた。

小寺は正直な男のように感じた。

「跡部先生にもう少し事務所を続けてほしいなどとお願いできなかったのですか」

亜澄は静かな声で問うた。

「先生は当時七九歳というご高齢だったので、僕が反対できるわけはありません」

しょげたような顔で小寺は答えた。

「たしかに、わたしの父なんか六〇代の自営ですけど、もう引退したいなんて言ってますよ」

亜澄の父親は、平塚のスターモール商店街で《かつらや》という呉服店を経営するかたわら、コスプレ衣装の制作者として名を馳せている。

ちなみに元哉の祖父母は同じ商店街で《吉川紙店》という文房具店を開いていた。

元哉と亜澄は同じ平塚育ちの商店街っ子の幼なじみだ。

「僕はねぇ、独立すべき時期じゃなかったんですよ。それだけのノウハウも持っていなかった。独り立ちする覚悟もなかったわけです」

ますます元気なく小寺は言った。

「つらい時期の独立だったんですね」

亜澄は同情するような言葉を口にした。

「実はね、僕だって独立した頃は横浜の元町にきれいな事務所を借りたんです。建築士然と立派なスーツ着込んで肩で風切って歩いていました。でもね、結局、個人事業主ってのは、技術だけじゃ食っていけないんですよ」

「そうなんですね」

亜澄は釣り込まれるようにうなずいた。

「経営能力っていうか、企画力とかのようなものがなければ食っていけなくなります。僕はほとんどの仕事をいくつかの住宅プロデュース会社からもらっています。つまり請負契約を結んでいるわけですが、当然ながら施主とも話し合いを持ちます」

「あの……施主ってお葬式や法事なんかの当主を指す言葉じゃないんですか」

「あはは、うちはお寺じゃないんで……。僕も頭の毛は剃ったことがありません。たしかにお寺ではそうですよね。ですが、建築関係では、建物の工事を発注した人や、発注した法人などの代表者を指す言葉です」

「知りませんでした」

「施主は住宅設計については当然ながら素人です。設計的に無理な希望をバンバン言ってくる。何度説明してもわかってくれない。ついには僕も腹が立って黙っちゃうんですよ。そうすると、施主は怒って、場合によっては建築家の交代を要求してくる。あるいは工務店とも対立することがある。僕が指定した建築資材を勝手に変更されることがある。そんな意図的なことじゃなくても、指定を間違える。すると、これもまた腹が立つわけです。つい強い調子で抗議をする。工務店は施主ほどの力はありませんが、僕とは組みたがらなくなる。そんなことが続くと、だんだんと仕事が減っていきます。僕は施主さまのために懸命に仕事してきているんですがね」

小寺は口を尖らせた。

「そうした場合の営業ってどうするんですか」

亜澄の質問は元哉も訊きたい内容だった。

「施主のワガママに対してほかの設計を奨めて解決するなんてことをやります。たとえば施主が玄関ロビーから二階に上がるところをどうしてもシースルー階段にしてほしいと要望してきたとします」

小寺はあいまいな顔で話し始めた。

「すみません。シースルー階段ってどんな階段ですか」

亜澄が声を張って尋ねた。

元哉はなんとなく想像がついた。

「蹴込《けこ》み板がない階段です。スケルトン階段とも言います」

小寺はさっとタブレットを操作して画面を見せた。

「あ、これですか、カッコイイですよね」

亜澄は大きくうなずいた。

「そうですね、とくに踊り場を持って九〇度の角度を持つものなどは相当に見栄えがいいです。シースルー階段はオシャレで、採光性にすぐれていて空気循環性もいいのです。反面、費用が高くて冷暖房効率が悪いという欠点があります。空気循環性がいいのだから、それはエアコンの効きは悪くなりますよ。ある家を設計するときのことです。施主がどうしてもシースルー階段にこだわったんだけど、予算がどうしても足りない。僕はシースルー階段の問題点を施主に説き、普通の階段にするように言葉を尽くして奨めたのですが……結局、納得してもらえず、施主との関係が非常に悪くなってしまいました。建築家を交代させてほしいって話になって住宅プロデュース会社がＯＫしちゃったんです。僕はその仕事ではクビというわけです」

小寺は短く息を吐いて言葉を継いだ。

「ところが、交代した若い建築士は施主にシースルー階段をあきらめさせたのです」

「どんな手を使ったんですか」

亜澄は首を傾げた。

「大変に装飾性の高いアメリカ製の別の階段を奨めたら、施主はころっと態度を変えたのです。要するに、その施主は本当はシースルー階段ではなく、カッコイイ階段ならなんでもよかったんですよ。シースルー階段のデメリットを口を酸っぱくして説明した僕がバカみたいです。結局、その家は交代した若手が設計しました。僕のギャラはわずかなものになってしまいました」

小寺は肩をすくめた。

「なんだか、つらいお話」

「いや、これは僕が悪いわけです。施主つまり顧客の心を摑めず、見当違いの努力をしているわけですからね」

「建築家も厳しいお仕事なんですね」

亜澄は眉根を寄せた。

「万事がこの調子で、僕には営業的な能力がないんですよ。そんな風に施主に嫌われているうちにどんどんジリ貧になってきて、三年前には元町の事務所からも撤退しました。ついには懐かしの鎌倉に戻ってきたというわけです」

小寺の自嘲的な笑い声が低く響いた。

「若尾さんはね、このあたりの能力がものすごく高かったんですよ。顧客が何を考えているのか把握するのがうまかった。さらに現実の施主じゃなくて、施主になるべき人の気持ちを推し量るのも得意だった。つまり、どんな住宅に人気が出るのかを、彼は予測できたんです。僕とは正反対だ」

「営業能力に長けていたんですね」

亜澄の言葉に、小寺は力強くあごを引いた。

「そういうことです。彼はその意味では天才ですよ。だからこそ、日本建築家連盟賞もゲットした。あれで一流の建築家にのし上がったんですから。でもね、僕はそういう建築家こそが出世するのが当然だと考えているんです。僕みたいな人間が出世できるはずはないんですよ」

小寺は肩をすぼめた。

話を聞いていて、元哉はだんだん気が滅入ってきた。

企画力ばかりではあるまい。小寺のようなネガティブ思考の人間は建築家には向かないだろう。新しい生活を支える基盤である住宅はパワーあふれる人に設計してもらいたいと思うのがあたりまえだろう。

「『凪』のテーマもオリジナリティにあふれていますよね」

亜澄は情け容赦なく問いを重ねた。

「よく知っていますね。そうです。だから積善ホームが分譲した三浦の住宅地に『凪の家』タウンを展開できたりしたんです。あの成功のおかげで今年のベスト・アーキテクト賞候補になっていたのに……なんでこんなときに、悲劇に見舞われなきゃなんないんですかね」

小寺は眉間に深いしわを寄せた。

「質問を変えますが、若尾さんを憎んでいたような人に心当たりはありませんか」

亜澄は小寺の目を見て訊いた。

「たしかにライバル意識を持っていた建築家はいるでしょう。あれだけ成功していた人だからね。苦手に思っていた人も少なくないかもしれません。ですが、若尾さんを殺したいほど憎んでいた人間なんて、僕には考えつきませんね」

小寺は明瞭な発声で言った。

元哉は小寺の目を見て真実を語っていると思った。

「失礼な質問で恐縮です。土曜日の夜の小寺さんの動静を教えて頂けませんか」

亜澄は遠慮深い調子で訊いた。

「ははは、僕は犯人じゃありませんよ。土曜は朝からここで図面を引いていたんですが、夕方から、隣のリビングで家内ともう一人友人と深夜一時くらいまで飲んでいました。広島の賀茂泉《かもいずみ》酒造の『朱泉本仕込』って酒で、家内の故郷の酒なんです。僕も友人もこの酒が好きでね」

小寺は楽しそうに言った。

「ご友人とは？」

「宮部《みやべ》由希子《ゆきこ》と言って、そこのバス通りにある《ミヤベ・デンタルクリニック》の院長先生です」

「歯医者さんですか」

「ええ、家内と年が近くて仲よしなんです。夕方、故郷の飛騨《ひだ》の山奥から天然鮎が届いたからって持ってきてくれて……家内が塩焼きにして、それを肴に深夜遅くまで三人で飲んでました。すっかり酔っ払いましたね。でもね、いい酒は次の日、あまり残らないんですよ」

にこっと小寺は笑った。

もちろん、裏はとらなければならないが、この話はウソには聞こえない。

質問事項が終わったので、元哉たちはこのわびしい建築事務所を辞去した。

帰りがけに《ミヤベ・デンタルクリニック》に立ち寄って、宮部院長に面会した。

「嫌、なんでわたしが酔っ払ってたことを警察はつかんでるんですか。酔っ払い罪？　クルマの運転はしてませんよ。だって小寺さんとこ、歩いて五分ですもの」

宮部院長は白い歯を見せて笑った。

三〇代半ばの宮部は、色黒でサーファーのような女性だった。

さらに土曜日の小寺のアリバイをはっきりと証言した。

小寺が被疑者となることはなさそうだった。

その夜の捜査会議でも、めぼしい情報は報告されなかった。材木座海岸周辺の地取り捜査は範囲を拡げて続けられていたが、これといった目撃情報はなかった。また、防犯カメラ映像の解析も進んでいたが、不審人物は発見できていなかった。さらに、若尾が飲みに行っていた藤沢駅南口の《ジェントル・メイツ》周辺の捜査でも、店の主人を含めて疑わしい人物は一人も浮上していなかった。

だが、捜査はまだ始まったばかりだ。元哉は明日以降に期待すべきだと感じていた。いまの時点での捜査員の士気は高いと元哉は感じていた。日を追うにつれて誰もが元気がなくなっていくのだ。

そうは言っても、元哉自身はいつも以上に疲れていた。

亜澄はまたいつ不機嫌になるかわからない。

考えるだけで気詰まりだった。

鎌倉署の武道場の薄っぺらい布団に潜り込むと、元哉は意識を失うように眠りに落ちていた。

4

翌日の午前一〇時。元哉と亜澄は横浜駅西口すぐの《横浜ベイシェラトンホテル&タワーズ》二階のラウンジのソファに座っていた。

開店直後なので、ほかに客はほとんどいなかった。

待っていた榎本賢三が、今朝、フランスから帰ってきたのだ。

亜澄は榎本が勤務する大手ハウスメーカーの《タケザワホーム》に連絡して帰国予定を確認した。すると、榎本は今日から一週間の休暇を取って一時帰国するという話だった。

若尾昌史の明後日の通夜、明々後日の告別式に出席するため帰国したのだ。

ラウンジの目の玉が飛び出るほど高いコーヒーは苦かった。ただしおかわり自由だそうだ。

中背の男がエントランスの方向から歩み寄ってきて、元哉たちに声を掛けた。

「やぁ、お待たせしました。県警の方ですよね。榎本です」

耳触りのよい、よく通る声だった。

あごが細い逆三角形の輪郭が特徴的だ。

瞳が明るく、満ち足りた生活をしていることが窺える。

榎本は、パリッとしたライトグレーのサマースーツに身を包んでいる。

ぱっと見にも上質な生地で仕立てられていることがわかる。

身体の線にぴったりと合っているので、オーダースーツにちがいない。

東京藝大出身と聞いているので、もっと芸術家風の見た目かと思っていた。いくぶん髪はラフで長めだが、やわらかめの業界の高級サラリーマンというイメージだ。四二歳という年よりいくらか若く見える。

「よくおわかりになりましたね」

亜澄は首を傾げた。

「すぐにわかりましたよ」

榎本は笑顔で答えたが、理由を口にしなかった。

元哉は理由の想像がついて頰が熱くなった。

要するに元哉と亜澄は、刑事らしい貧相な恰好をしているのだ。

吊るしのスーツが恥ずかしくて、元哉は反射的にラペルをかるく引っ張った。

捜査本部が設置されると、ロクに家に帰ることもできない。下着以外はどうしても着た切り雀になってしまう。

これでも、今朝、きちんとアイロンを掛けてきたのだ。

「失礼。座りますよ」

榎本はゆったりと元哉たちの正面のソファに座った。

「神奈川県警鎌倉署刑事課の小笠原亜澄です」

いつものように亜澄は元気よく名乗った。

「刑事部の吉川です」

元哉も名乗り、榎本と名刺交換をした。

――株式会社タケザワホーム　クリエイティブディレクター　一級建築士　榎本賢三
「クリエイティブディレクターというのは、どんなお仕事ですか」

名詞を覗き込みながら、亜澄は訊いた。

「まぁ、一つのプロジェクトの責任者というような役職ですね。プロジェクトは次々に変わります。僕はわりあい大きいプロジェクトをまかされています」

榎本は鷹揚な感じで答えた。

「榎本先生は、跡部信太郎先生の事務所で働いていたのですね」

亜澄は明るい声で訊いた。

「はい、西御門のあの館は、僕の修業の場であり、青春そのものでした。大学卒業後、七年ほど勤めました。その間にさまざまなことを学び、一級建築士の免許も取得できたのです」

張りのある声で榎本は答えた。

「跡部夫人は、榎本先生のことを『社交的でどんな人ともすぐ仲よくなるので、たまにうちにやってくる営業の人なんかには人気がありました』とおっしゃっていました」

亜澄の言葉に、榎本は遠くを見るような目になった。

「奥さまには本当にお世話になりました。僕はもともと新潟県の出身なんですが、失礼ながら奥さまのことを『鎌倉のお母さん』と思っていました。僕たち全員に均等に愛情を注いでくださいました」

なるほど、榎本はコミュニケーションが上手な人間の部類に入るように思う。

「跡部事務所を気に入っていらしたのですね」

「はい、大きく育てて頂いたと感謝しております」

「どうしてお辞めになったのですか」

「僕には独立して建築事務所の経営をする能力がないと気づいたからです。それに大きなプロジェクトを手がけたかった。今回は一軒の別荘ですが、それでも横浜の低層ホテル並みの仕事です。ちいさなヨットハーバーやプール、何軒ものゲストハウスも作っています。前回の仕事では一〇〇戸ほどの高級住宅地を開発するプロジェクトをまかされました。自分の仕事がそうしたかたちで地図を変えてゆくのが生きがいなのです。個人事務所で可能な話ではありません。だから、大きな会社に勤めようと思ったのです」

「なるほど、大きな仕事をしたかったというわけですか」

榎本は亜澄の顔を見て微妙な表情を浮かべた。

「でも本当は、跡部先生や、先生が敬愛するフランク・ロイド・ライトらの高名な建築家たちの業績をつぶさに知って、そんな才能が自分にはないことに気づいたからでもあります。しょせん、自分は凡人だ。凡人にできる最高の仕事をしようと、考えを変えたのです」

いくらか淋しそうに榎本は言った。

東京藝大は凡人が入れる大学ではあるまい。

「榎本先生は若尾先生たちと一緒に、『跡部五人衆』と呼ばれていたそうですね」

亜澄は質問を変えた。

「あはは、まだそんな古いことを言っている人がいるのですか」

榎本は声を立てて笑った。

「羽仁先生から伺いました」

「僕はほかの人ほど優秀ではありませんよ。とくに若尾さんのような天才的な企画力や田中さんのような迅速な構造設計力はありません。いま言いましたように、僕は凡人なのです」

榎本は眉根を寄せた。

「ご謙遜を」

亜澄は困ったような表情を浮かべた。

「いえ、謙遜ではありません。クリエイターはまず自分の力を客観視することが重要です。僕はそのために跡部事務所に所属していたのだと思っています。あの西御門の館で、優秀な先輩たちの姿を見て、僕は自分を客観視することができたのです。おかげで、いまは自分の能力を最大限に活かして建築士としての仕事ができるポジションにつけました。もし、あのまま、自分の能力を過信していたら、食い詰め者になっていたかもしれません」

淋しい言葉にも聞こえたが、榎本の表情はどこか誇らしげだった。

元哉の脳裏に、昨日の小寺の姿が思い浮かんだ。

クリエイターのような職業を選ばなくてよかった……元哉はそんな感慨を持った。もっとも選べるような能力もないわけだが。

「榎本先生は羽仁先生と一緒によく若尾先生のお宅には遊びにいったのですよね」

ふたたび亜澄は質問を変えた。

「ええ、一年に何度かはお邪魔していました。若尾さんには若い頃、お世話になっていましたから」

さらっと榎本は答えた。

「では、若尾先生にとって『跡部五人衆』のなかでも榎本先生と羽仁先生のお二人はとくに仲がよかったのですね」

「羽仁さんは若尾さんとはそんなに仲がよかったかな。別に対立するようなことは一切ありませんでしたけどね。むしろ羽仁さんは、若尾さんの奥さんの結花さんと仲がよかったと思いますよ」

考え深げに榎本は答えた。

たしかに弔問に来た羽仁と結花は非常に親しげな印象があった。

「榎本先生は西御門の跡部邸も、先生の命日には必ずお訪ねになっていたと聞きました」

「はい、さっきも言いましたように、奥さまは僕にとって『鎌倉のお母さん』でしたから」

榎本の言葉に熱が籠もった。

「羽仁先生も毎年お見えだと奥さまはおっしゃっていました」

「そうそう、二人で誘い合ってではありませんが、羽仁さんも必ず見えていましたね。彼にとっても、奥さまは『鎌倉のお母さん』だったのかもしれません」

にっこりと榎本は笑った。

「田中先生と小寺先生はあまりお出かけにならなかったようですね」

亜澄の言葉に、榎本は首を横に振った。

「いや、田中さんは最近……ここ数年は見えていましたよ」

「跡部先生が五年前に亡くなってからだと伺いました」

「そう言えばそうだ。あの人も奥さまを敬愛していたから、跡部先生が亡くなって奥さまがお淋しいと思って訪ねていたんでしょう」

「奥さまもそんなことをおっしゃっていました」

「そうだと思います。跡部先生と奥さまはとてもお仲がよろしかったですからね」

「ところで、今回の若尾先生の事件で、榎本先生はなにか原因として思いあたることはありませんか」

榎本の顔を見て亜澄はゆっくりと訊いた。

「とくにありませんね」

しばらく考えて、榎本は答えた。

「なんでもいいのです。教えてください」

しばらく壁を見て考えるようだった榎本は、やがてゆっくりと口を開いた。

「ここだけの話にしてくれますか」

榎本は声をひそめた。

「もちろんです」

少し眉を吊り上げて、亜澄はうなずいた。

「真偽のほどは定かではありません」

「それでもけっこうです。教えてください」

亜澄は手を合わせて頼み込むような仕草を見せた。

「実は一八年前のことなのです……」

「二〇〇五年ということになりますね」

間髪を容れず、亜澄は合いの手を入れた。

「ええ、『跡部五人衆』が全員そろって頑張っていた頃の話です。跡部先生の製図がなくなった事件がありまして……」

榎本は言葉を途切れさせた。

「どんな事件ですか」

亜澄は身を乗り出した。

「ある特定の建物の製図ではなく、プランニングのために起こした何枚かの図面がケースに入っていたそうです。構造計算書も一緒に入っていたものらしいのですが……誰かがひそかに盗んだとも考えられます」

榎本は眉をひそめた。

「なくなったのは事実で、盗まれたかもしれないというのははっきりしないのですね」

念を押すように亜澄は訊いた。

「はい、盗まれたことが事実とは確認できていません」

「榎本先生は誰から聞いたのですか」

亜澄は目を光らせた。

「小寺さんです。小寺さんは、先生が奥さまに『あの製図はどこに行った』と尋ねているようすを目撃したんですよ」

「本当ですか」

亜澄はじっと榎本の顔を見つめた。

「この話には続きがありまして……先生は盗んだ人間に心当たりがあって、しかもそれを絶対に口にしなかったらしいんです」

「榎本先生は誰からその話を聞いたのですか」

「やはり小寺さんです。先生が奥さまに『許そう。すべてを許して、なかったことにしよう』という趣旨のことを話しているのを聞いてしまったそうです」

「小寺さんはなにも言っていませんでしたよ」

亜澄が言うとおり、小寺はこの事件について一切口にしなかった。

「彼は今回の若尾さんの事件とは関係ないと思っていたのではないですか……僕だって、自信はないんです」

気弱な顔で榎本は答えた。

「いったい誰が製図を盗んだのでしょうか」

榎本の目をまっすぐに見て亜澄は訊いた。

「わかりません。でも、こんな話をするんだから、小寺さんでないことはたしかでしょう。もちろん、僕も関係がありませんせん」

きっぱりと榎本は言った。

「とすると、田中先生か羽仁先生か……もしかすると、若尾先生かもしれないのですね」

ひどく真剣な亜澄の顔つきだった。

「でもなぁ、そうだとしても、あれから一八年も経って、若尾さんが殺される理由になるとは思えないのです。そうだなぁ……なにせおぎゃあと生まれた子どもが高校を卒業するくらいの時間だもんなぁ……」

悩みながら榎本は言葉を呑み込んでから、亜澄と元哉の顔を交互に見た。

「お二人ともこの話は忘れてください。若尾さんの事件とは関係ないと思います」

いきなり榎本は態度を変えた。

「はぁ……しかし……」

亜澄は曖昧に答えた。

元哉にはとても忘れることはできそうになかった。

むしろ、いままでの跡部事務所近辺の聞き込み捜査で、いちばん真実に近づいた瞬間のようにさえ思えた。

この製図盗難事件の犯人こそ、若尾の事件の重要な鍵を握っている気がする。

「なぜ、跡部先生は黙って我慢したのですかね」

元哉は食い下がって訊いた。

「その弟子の将来を潰したくなかったのでしょう」

「なるほど……跡部先生の弟子たちへの愛ですね」

「僕はそうだと思っています」

榎本は深くうなずいた。

「ところで、跡部先生には盗んだ人間に心当たりがあるという話は誰が知っているのですか」

「小寺さんが黙っているのに耐えられなくて、僕にだけ教えてくれたのです。ほかに知っている人は奥さましかいないと思います」

「奥さまは盗んだ人が誰なのかを知っているのでしょうか」

亜澄は気負い込んで訊いた。

「たぶんご存じないと思います。小寺さんは先生が奥さまに『誰だっていい。おまえも詮索するな』と強い口調でおっしゃっているのを聞いていますので」

榎本は首を横に振った。

「製図盗難事件について、榎本先生が知ってることはほかになにかありませんか」

「いいえ、すべてを話しました」

はっきりと榎本は答えた。

「ありがとうございました。大変貴重な情報を頂けました」

亜澄は頭を下げた。

「あの……今回の事件に関係がないならば、この話はお二人の胸にしまっておいてください。いまさら波風を立てたくはありません」

榎本はもう一度釘を刺すことを忘れなかった。

元哉たちは榎本に礼を言ってホテルの外へ出た。

「大収穫だったね」

亜澄がぽつりと言った。

「製図盗難事件のことか」

「そうだよ。あたし、事件の構図がぼんやりと見えてきた気がする」

亜澄の表情には昂揚感が見られた。

呼気が早く、頰が紅潮している。

「本当かよ」

元哉は疑いの声を出した。

製図盗難の一件が若尾殺しと関わりがあることは、元哉も感じていた。

しかし、若尾事件の構図は、元哉には少しも見えてこなかった。

亜澄には違う脳内回路があるのだなと感ぜずにはいられない。

「まず製図盗難事件の犯人を追うべきだよ。今回の事件の根っこに横たわっている」

断定的に亜澄は言った。

「若尾殺しの犯人よりも見つけやすいかもしれない」

元哉は希望的な言葉を口にした。

二人は横浜駅西口の改札を通過して構内に入った。

「いったん捜査本部に戻って、すべてを考え直してみる」

亜澄は厳しい顔つきで横須賀線に乗り込んだ。

5

窓から見える谷戸の奥の空は黄金色に光っていた。

梅雨の晴れ間のわずかな輝きだった。

だが、窓から見える西空から黒い雲が館に向かって迫りつつあった。

ホトトギスの鳴き声は、今日も聞こえている。

榎本と会った翌々日の午後三時だった。

西御門の跡部邸リビングには恵美子夫人を中心に、四人の建築家が顔を揃えていた。

田中正行、羽仁直人、榎本賢三、小寺隆則の四人であることは言うまでもない。

誰もが黒いスーツに身を包んでいた。

恵美子夫人も丸に三階菱の黒紋付姿が艶やかだった。

給仕役を買って出てくれた菜々子も黒いワンピースを着ていた。

今夜、六時半から鎌倉駅近くの斎場で、若尾昌史の通夜が執り行われる予定だった。

こちらは、結花夫人が「施主」となっている。

それに先立ち、跡部夫人が『若尾昌史を送る会』を開催することとなった。

この会場には、元哉と亜澄の二人も列席していた。

二人はライトグレーのスーツ姿だ。

元哉はネクタイだけは黒に替えていた。

そもそも『送る会』は亜澄が跡部夫人に頼み込んで、四人を招待するために催してもらったのだ。

部屋のなかには、J・S・バッハの『ミサ曲 ロ短調』が低い音で流れている。バッハが最後に完成させた作品である。

五年前に跡部信太郎を送った曲で、若尾も愛した曲だと言って、恵美子夫人が選んだ。

ちなみに跡部信太郎と同じく、若尾も無宗教だった。

若尾の遺影はマントルピースの上に黒い額に入って微笑んでいた。

恵美子夫人はわざわざモノクロの一枚を選んだようだ。

シャープな顔だちで目鼻立ちがすっきりとしている。

両の瞳は野心的に輝いていて知的な顔だちだった。

もしかすると、『跡部五人衆』のなかで、もっともすぐれた容貌かもしれない。

隣には、日本建築家連盟賞に輝いた横浜の《シーエアホテル》の写真が飾られていた。

言うまでもなく若尾の出世の転機となった作品である。

丘の上に流れるようなフォルムの白亜の建物が端麗な姿で写っている。

背景は輝いてひろがる根岸の海だった。

「じゃあ、ひとりずつ献花をしましょう。最後は、奥さま、お願い致します」

榎本の落ち着いた声が響いた。

恵美子夫人は静かにあごを引いた。

とくに式次第というものは設けられていなかった。献花と献杯をして故人を偲ぶくらいの流れだった。

田中が立ち上がって、恵美子夫人に一礼し、口を開いた。

「若尾よ、君を失い、わたしがどんなに悲嘆に暮れているか。君の才能は今後ますます我が国の建築界を輝かせるはずだった。わたしは、君を打ち負かす機会を永遠に失った。

なぜ、いままで勝負をしなかったかとの深い悔恨に囚われている。若尾よ、やすらかに眠ってくれ」

深々と身体を折ると、田中は遺影に一輪の白バラを献じた。

続いて羽仁が悲痛な顔つきで祭壇に進んだ。

「若尾先輩、僕は悔しい。なぜ、あなたは結花ちゃんや僕たちを置いていったんですか。僕たちはこれからも苦しみ続けることになるでしょう。僕たちを置いて逝ってしまった先輩に、恨み言を言わせてもらいます」

羽仁はバラを献じて、袖で顔を拭った。

小寺が立ち上がった。

「若尾さん、あなたはよき先輩であり、よき教師でもありました。そして最高の模範、最大の目標でもあったのです。残された四人のなかでいちばん後ろを歩いている僕ですが、道しるべを失ってさらに迷うばかりです。さようなら」

喉を詰まらせて小寺は献花した。

榎本が祭壇の前に立った。

「先輩、僕はあなたという天才のおかげで、自分の才を見切ることができました。それで僕はサラリーマン建築士として無事に生きています。ありがとう」

口もとにかすかな笑みを浮かべて、榎本は花を献じた。

「若尾くん、あなたはとてもいい子でしたよ。跡部もあなたを歓迎していることでしょう。わたしもじきにそちらへ行きます。また、カレーを一鍋持っていきますね。再会のその日まで、しばしお別れしましょう」

恵美子夫人の目にはうっすらと涙がにじんでいた。

四人の男たちはいちようにうつむいていた。

誰かのすすり泣きが聞こえた。

元哉と亜澄も黙って白バラを祭壇に捧げた。

濃厚なバラの香りが室内を満たしている。

「では、献杯に移りましょう」

榎本が皆を促した。

菜々子が後方のテーブルに人数分のグラスを置き、黄金色のシャンパーニュを注いでいった。参列者は思い思いにグラスをとった。

公務執行中の二人は、さすがに緑茶のグラスを選んだ。

「我がよき友、若尾昌史くんの魂よ。安らかに。献杯！」

室内に「献杯」の声が響いた。

「どうぞご着席ください」

榎本の声に人々は思い思いに席に着いた。

だが、亜澄は立ったままで、全員を見まわした。

「このような厳粛な席で大変恐縮なのですが、今日はわたしから皆さまに質問したいことがあります。それにより真実を解き明かすことができれば、若尾さんの魂を少しでもお慰めすることができる。そう思うからです。どうぞ、不躾なわたしをお許しください」

亜澄の声は堂々と響いた。

誰もひと言も発しない。

混声合唱が静かに響いている。

「今回の若尾さんの事件は、犯人の動機にすべてが掛かっていると思われます。わたしは、一八年前の黒い噂が事件の根幹にあると思います。この噂は、跡部信太郎先生の製図が何者かによって盗まれた事件についてのものです」

亜澄はゆっくりと切り出した。

さっと恵美子夫人の顔色が変わった。

「奥さま、教えてください。製図が盗まれたことは事実なのですか」

恵美子夫人の目を見つめながら、おだやかな声で亜澄は尋ねた。

「どうかお答えください」

亜澄は静かな声で問い詰めた。

小寺が貧乏揺すりを始めた。

「事実でございます。この家の二階の書斎から、黒い図面ケースに入っていた製図がなくなりました。ケースはそのままで、製図だけが五枚ほど抜き取られました。あれは二〇〇五年の今頃のことです」

低い声で恵美子夫人は答えた。

沈黙が部屋を覆っている。

通り雨なのか、屋根を打つ雨音がさやかに響いている。

「どのような製図でしたか」

おだやかに亜澄は問いを重ねた。

「じっさいに受注していた建物の製図ではありません。その頃、跡部が模索していた低層建築について、テーマとしておりました『流れ』を意欲的なかたちで展開したきわめて実験的なものでした」

「意匠設計が中心だったのでしょうか」

亜澄の問いに、恵美子夫人はゆっくりとあごを引いた。

「現実の受注ではありませんので設備設計は大まかでしたが、先進的な意匠設計と、それを現実のものとするための複雑な構造設計の書かれた図面でした」

「跡部先生にしか生み出せないものだったのでしょうか」

「わたしは素人ですから、断定的には言えません。ですが、そう信じております」

恵美子夫人の声には力がこもっていた。

「わたしもそう思います。あの頃の先生の抜きん出て美しい意匠を支える構造設計は、あまりに複雑な構造計算を要しました。誰もが真似できるという性質のものではありませんでした。少なくともわたしの手の遠く及ばない美しい構造計算式によって実現可能だったはずです」

声を発したのは田中だった。

「田中さん、ありがとうございます。わたしはド素人ですが、事件の流れを考えていて同じ結論に達しました。ところで、この製図を盗んだ者が誰かを、奥さまはご存じなのではないでしょうか」

亜澄はふたたび恵美子夫人に向き直った。

恵美子夫人はしばし黙っていた。

「お願いです。教えてください」

重ねて亜澄は頼んだ。

「盗んだ人がわかったのは、二〇〇七年一〇月一日です」

恵美子夫人は低い声で言うと。静かに目を伏せた。

その言葉が夫人の口から出た瞬間、四人の男たちの声にならないざわめきが響いた。

「《シーエアホテル》のコンペ結果の発表日だ」

榎本が沈うつな表情で言った。

「盗まれた製図はホテルを設計したものなのですか」

「いえ、多目的ホールの図面でした。ですが、跡部は《シーエアホテル》の図面を見て、瞬時に気づきました。これはわたしの『流れ』だと」

沈んだ声で恵美子夫人は答えた。

元哉は《シーエアホテル》の写真を見た。

「その瞬間に、跡部先生は二年前に製図を盗んだ犯人がわかったのですね」

亜澄は恵美子夫人にやわらかい声で念を押した。

恵美子夫人はだまってうなずいた。

「でも、跡部先生はそれをお許しになった」

「跡部は言っていました。『言ってくれれば、図面なんぞくれてやったのに。あいつはわたしの弟子だ。ほかの弟子にも頭の中身は教えてやっていることだ。あいつが出世するならそれでいい』と……だから、それ以降はあの製図のことはほとんど忘れていました。跡部は愛に満ちた心のひろい人間でした」

恵美子夫人は声を震わせた。

跡部信太郎という巨匠の恬淡さに驚き、弟子思いの心に元哉は感じ入るほかはなかった。

「すべてをお話しくださってありがとうございます」

亜澄は恵美子夫人に頭を下げた。

「製図盗難事件の犯人は、若尾さんでした。跡部先生はお許しになった。しかし、それを許せない人がいた。田中さんは許せなかったのではありませんか」

亜澄はいきなり田中に向き直った。

「え？　なんでですか？」

田中は大きく目を見開いた。

「あなたは跡部先生が亡くなるまで、このお屋敷を訪ねようとしなかった。先生に会うと、つい若尾さんが製図を盗んだことを言ってしまうからではないですか。構造設計が得意なあなたなら、《シーエアホテル》が、跡部先生の製図をもとにした設計だということに気づいたのではないですか。さらに、若尾さんが構造設計が苦手なことも知っていたんですよね」

ゆっくりと亜澄は田中を問い詰めた。

「たしかにあなたの言うとおりだ。それればかりじゃありません。若尾の悪行を許していた先生に文句を言ってしまいそうだったんです」

田中はかすかに口を尖らせた。

「許せない人はほかにもいます。小寺さんだってそうでしょう」

いきなり亜澄は小寺に歩み寄った。

「ぼ、僕ですか」

小寺は舌をもつれさせて亜澄を見た。

「あなたは若尾さんの窃盗をほとんど跡部先生ご夫妻と同時に知ってしまった。跡部先生と奥さまの会話を偶然耳にしたそうですね。若尾さんが盗んだことにも気づき、先生がその罪を許したことも知ってしまったのではないですか。先生の製図を盗んで成功してゆく若尾さんを許せなかった。失礼ですが、ご自分はうまくいっていない。憎む気持ちが生まれてもあたりまえです」

小寺の顔を見つめて亜澄は言った。

「憎んでいたかもしれない。でもね、僕は若尾さんを殺してなんかいませんよ。だいたい、僕にはアリバイがあるじゃないですか」

つばを飛ばして小寺は抗議した。

「裏はとっています。でも、たとえば、その証言が真実でないとしたら……」

亜澄はあいまいな顔で笑った。

「なにを言っているんですか。宮部先生がウソを言っているんですか。たしかに僕は若尾さんを憎んだかもしれない。でも、一八年前のことで人殺しなんかするもんですか」

小寺は歯を剝き出した。

「たとえばの話です。気にしないでください」

ケロリと言ってから亜澄は榎本を見た。

「榎本さんだって、小寺さんの話から事実を推測できたのではないですか。あなただって若尾さんを憎んでいても不思議はありません」

亜澄は榎本の顔を見て厳しい声を出した。

しかし、榎本は一昨日フランスから帰国したのだ。

「どういうことですか」

榎本は亜澄を睨んだ。

「あなたは若尾さんのおかげでサラリーマン建築士として成功したと言っていた。でも、もしそれが本音じゃないとしたら、若尾さんを憎んでいても不思議ではないと思いますよ」

亜澄が問い詰めると、榎本は声を失った。

しばらくして、あきらめたように榎本は口を開いた。

「わかりました。正直に言います。発表された《シーエアホテル》の図面を見れば、田中さんじゃなくたって跡部先生のプランが元になっているってことは、僕たちにはわかる。瘦せても枯れても先生の弟子ですからね。羽仁さんだってわからないはずがない。先生が隠していらっしゃったから、小寺さんも僕も黙っていたのです。犯人は若尾しかありえないんです。僕は小寺さんから製図盗難事件の話を聞いてずっと腹を立て続けていました。だって、若尾は跡部先生からも、奥さまからもあれだけ世話になったのに、平気で裏切った男です。彼は僕たち仲間をも裏切ったんです。だからヤツの不正義が、どうにか立証できないかと小寺さんとさまざまな資料を集めていました。僕は正義を追求したかったんです」

榎本は声を張った。

「立証とは、いったいなにを立証するのですか」

亜澄は重ねて訊いた。

「若尾が設計した《シーエアホテル》が跡部先生の製図を盗んだものだということが立証できて、世間に公表できたら……まぁ、いまさら日本建築家連盟賞の取り消しは無理でしょう。しかし、今年のベスト・アーキテクト賞の話はまず立ち消えになります。これ以上、若尾が栄誉に輝くことは許せなかったんです」

ためらいもなく榎本は答えた。

「そう、だけど、榎本さんがフランスに長期出張になっちゃったんで、中断しているんですよ。だから、今年の九月に発表されるベスト・アーキテクト賞には間に合わなかったですね。でも、後からの取り消しでもいいと思っていたんです」

横から小寺は開き直ったように言った。

亜澄は意地が悪いなと元哉は思った。

ここまですべてを明らかにする必要があるのだろうか。

「さて、羽仁さん」

亜澄は声をあらためた。

「僕ですか？」

まさに鳩が豆鉄砲をくらったようなという形容がぴったりの羽仁の顔だった。

「若尾さんから跡部先生は製図を盗まれた。あなたは若尾さんになにを盗まれたのですか」

亜澄は含みの多い言葉で問うた。

「な、なにを言ってるんですか……意味がわかりません」

羽仁の顔から血の気が引いた。

「わたしね、昨日、あなたの学生時代のお友だち数人に会ってきたんです。武蔵美時代に結花さんが交際していたのは若尾昌史さんじゃない。あなたなのですね。つまり、あなたは若尾さんに、恋人の結花さんを盗まれたのです」

羽仁の目をまっすぐに見ながら、亜澄はきつい口調で言った。

「そ、それは……」

落ち着かなく羽仁は目を泳がせた。

「何人もの証言が得られました。二人がじゃれ合って暑苦しかったと言っている人もいました」

「そんなことを覚えている者がいるなんて……」

つぶやくように羽仁は言った。

「これはわたしの想像ですから、間違っているかもしれません。結花さんと同じ写真サークルにいた若尾さんは、ずっと彼女を思慕していた。横恋慕っていうものかもしれない。結花さんのそばにいたいこともあって、若尾さんはあなたを跡部事務所に引っ張った。そうすれば、同僚というか、先輩後輩の関係を維持できますからね。そうして若尾さんと度々会っているうちに、結花さんはあなたよりも成功の可能性が高い若尾さんを選んだ。あなたからしたら、若尾さんに結花さんを盗まれたようなものでしょう。そして、日本建築家連盟賞の受賞をきっかけに若尾さんは跡部事務所を去り、結花さんと結婚した。あなたが、若尾さんに嫉妬し、彼を憎んだ気持ちはよくわかります」

静かな声で諭すように亜澄は言った。

「面白い作文ですね」

せせら笑いながら羽仁は答えた。

「もうひとつ、あなたの《羽仁建築士事務所》の経営状態を調べさせてもらいました。かなり、状態が悪いですね。すでに事務所を手放さなければならない状況におちいっているのではないですか。あなたには多額のお金が必要だった。たとえば一〇〇〇万円くらいはすぐにほしかったのではないですか。ところがそれは、若尾さんにとっては少しも難しくない金額だった。あなたは若尾さんを脅してお金をもらおうとしたのでしょう」

眉間に縦じわを寄せて亜澄は詰め寄った。

「あなたは肝心なことを忘れている。僕にはアリバイがあるんですよ。若尾さんを殺すことなんてできるはずもないでしょうがっ」

大きな声で羽仁はあらがった。

「それは造作もなく崩れます。あなたが土曜日の晩に宿泊した《海宿　伊東》から三〇〇メートルほどの距離には《伊東サンライズマリーナ》がありますね。あなたはあのマリーナに前もって自分のプレジャーボートを係留しておいたのですね。あのマリーナは係留艇は二四時間入出港可能です。あなたはチェックインして、午後一〇時にルームサービスを受けると、すぐにマリーナに向かい鎌倉を目指したのです。伊東と鎌倉は海上距離では五〇キロ強に過ぎません。

一一時頃に鎌倉の腰越港あたりで若尾さんと待ち合わせしていたあなたは、鎌倉沖で話し合いをしていたのでしょう。もちろん、《シーエアホテル》の件です。あなたはその秘密をバラすと言って若尾さんを恐喝していたに違いありません。ですが、若尾さんは話に乗らなかった。だから、あなたは若尾さんを殴って倒し、その身体を海に放り込んで伊東に戻ったのでしょう。宿は夜間外出には気づかず、あなたは何食わぬ顔で朝食をとったに違いありません。あのね、警察の捜査力を知らないから、こんなずさんな計画を立てたのでしょう。でもね、マリーナのスタッフに訊けばあなたの入出港時刻なんて簡単にわかる。夜釣りだと弁解しても、たとえば腰越港だけでも駐車車両の車載カメラを含めた防犯カメラの映像は膨大にあるのよ。あなたのボートも血液反応や骨片などを徹底的に調べます。必ずなんらかの痕跡が出るはずです。いい加減あきらめなさい。あなたはもう逃れることはできないのです」

亜澄はきつい口調で引導を渡した。

「殺すつもりはなかったんだ。若尾が俺を馬鹿にするから、ついカッとなって……」

羽仁はわめき声を上げた。

「認めるのですね」

亜澄はきつい口調で訊いた。

力なく羽仁はうなずいた。

「吉川、手錠掛けて、宣告して」

亜澄は腰に手をやって、胸を反らした。

なんでこいつは上司面をするんだと思いながらも、元哉は姿勢を正した。

「午後四時二分。羽仁直人、あなたを傷害致死の疑いで緊急逮捕します」

元哉は羽仁の両手首に手錠を掛けた。

鈍い金属音が響く。

あとは亜澄が言った筋書きを立証する物証を集めればいい。

この犯行は計画性が高く、殺人で起訴される可能性が高いと元哉は睨んでいた。

羽仁は崩れ落ちた。

「さぁ、立って。一緒に来なさい」

元哉は羽仁を立たせた。

室内は静まりかえっている。

全員が沈んだ表情を浮かべていた。

恵美子夫人の瞳に光るものを元哉は認めた。

「この結果を得るために、いろいろと失礼なことを申しあげました。心よりお詫びいたします。若尾さんの魂を少しでも慰めることができましたら幸いです」

亜澄は室内に向かって一礼した。

元哉たちは羽仁を連れて廊下を玄関へと向かった。

外へ出ると、折しも雲間から天使の梯子が館の背後の森に降り注いでいた。

ホトトギスの声はもう聞こえなかった。

エピローグ

次の日曜日。

幸い、今日も梅雨の中休みだった。

元哉は、鎌倉へ来ることが不安だった。

なにせ、先週が先週だったので、嫌な予感は今日も続いていた。

だが、沙也香は許してはくれなかった。

先週の『海辺に暮らすアーティストと歩く鎌倉』が好評だったらしい。

いずれにしても今日は第二回の取材だった。

今日は英美里はいなかった。

事件の話を伝え聞いてか、あるいは亜澄の剣幕に驚いてか、彼女は沙也香が誘っても出てこなかった。

元哉と沙也香は坂ノ下の裏道から星の井通りに向かって歩いていた。

坂ノ下の古民家で染織工芸をやっている若い女性工芸家を取材した後だった。

星の井通りを渡ったあたりで、隣を歩く沙也香がにこやかに言った。

「あのさ、海側にちょっと入ったところに、パンを使ったランチがすごく美味しい古民家カフェがあるの。寄っていかない」

「う、うん」

元哉はうつろな答えを返した。

古民家カフェに異存があるわけではない。

道路の反対側を長谷駅方向から早足で歩いてくる白シャツにグレーのスカートの女……。

亜澄ではないか。

両手を大きく振って、若干がに股のような足運びで亜澄はこちらへやってくる。

なんてことだ。

元哉の全身に鳥肌が立った。

なぜか、亜澄は道路を渡ってきた。

「あら、こんにちは」

よせばいいのに、沙也香は亜澄に声を掛けた。

亜澄はギロリと元哉を睨んだ。

「どちらさまでしたっけ」

とぼけて亜澄は答えを返した。

「お見忘れですか。ライターの滝川沙也香です。鎌倉署の鬼刑事さんですよね」

沙也香はムッとしたのか、意地悪く言った。

「なんですって！」

亜澄の声が裏返った。

「失礼。吉川さんの大の仲よしさんでしたね」

沙也香の皮肉は止まらない。

「公務中なので、失礼します」

亜澄はそのまま極楽寺坂のほうへと去っていった。

元哉はとりあえず、胸をなで下ろした。

ところが、一五メートルほど離れたところで亜澄はくるりと振り返った。

あろうことか、亜澄は元哉に向かって大げさなそぶりであっかんべーをした。

反応できずに元哉は固まっていた。

ふたたび、元哉の全身を鳥肌が襲った。

一羽のトビがかろやかに鳴き声を上げて坂ノ下の空に輪を描いていた。

文春文庫

鎌倉署《かまくらしょ》・小笠原亜澄《おがさわらあすみ》の事件簿《じけんぼ》
西御門《にしみかど》の館《やかた》

定価はカバーに表示してあります

2024年10月10日　第1刷

著　者　鳴神《なるかみ》響一《きょういち》
発行者　大沼貴之
発行所　株式会社 文藝春秋

東京都千代田区紀尾井町 3-23　〒102-8008
TEL 03・3265・1211㈹
文藝春秋ホームページ　https://www.bunshun.co.jp

落丁、乱丁本は、お手数ですが小社製作部宛お送り下さい。送料小社負担でお取替致します。

印刷製本・TOPPANクロレ

Printed in Japan
ISBN978-4-16-792286-3